日本の文房具ミステリーを
台湾の皆さんにも
楽しんでいただければ
幸いです。
福田悠

希望這本結合文具與推理的故事，能讓台灣讀者感受到其中的樂趣。

福田悠

京都伏見の榎本文房具店
真実はインクに隠して

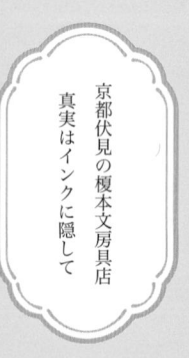

京都文具店推理事件簿

真相就藏在墨水中

京都伏見の榎本文房具店　真実はインクに隠して

福田悠／著　徐欣怡／譯

目次

真相就藏在墨水中

京都文具店

推理事件簿

第一章

黃色的菖蒲

那枝鉛筆的木桿上閃耀著金燦的文字——「CASTELL9000」。

職業使然，這產品我很熟悉。

由德國老字號文具品牌輝柏製造、聞名全世界的鉛筆。

而正因為我對文具略懂一二，心裡才更覺得奇怪。

對於過去我所熟悉的、奶奶和自己的世界中，那相當於突然冒出來的異樣存在。

榎本史郎完全沒有頭緒。

這枝鉛筆為何出現在剛過世的奶奶留下的硯盒裡。

「榎本文具店」所在的京都市伏見區，有兩條私鐵南北縱向貫穿市區，而與兩條私鐵垂直相交的大手筋路則朝東西向延伸。

走出私鐵的車站，沿著大手筋路往東走，就會看見以釀美酒的名水[1]聞名的御香宮神社；如果朝反方向的西邊走大概三分鐘，就會來到上頭有半圓型屋頂的大街。

這裡就是當地無人不知無人不曉的伏見大手筋商店街。銀行、茶館、雜貨店、咖啡廳、中華料理店、便利商店和速食店，甚至還有佛寺，各式各樣的店家綿延不絕。地點雖好，但大多都是早遠前就以個人經營起家的小店，因此整條街隱約飄蕩著一股懷舊的昭和氛圍。

商店街裡有座佛寺的山門，令不少觀光客都大感訝異，但這在京都市內算不上什麼稀奇風景。

榎本文具店就坐落在那條商店街一隅。說是一隅，其實是在最大條的主要商店街往南轉的分支上。

奶奶文乃一直守在這塊土地，經營從爺爺手中接下的榎本文具店。

史郎出生時，爺爺就已不在人世。後來，父母又在他讀小學時在國外出意外，撒

1 名水百選，是日本政府依照標準從湧水、河水及地下水等不同水源選出的，不過有些名水仍須經煮沸才能飲用。一九八五年日本環境廳在日本全國各地擇一百處水源地列成名單，現稱「昭和名水百選」，而二〇〇八年六月，環境省重新選出「平成名水百選」。

手人寰。

因此，史郎就由文乃收養，在這間文具店裡面的住家長大。

史郎高中畢業後，離開京都去東京上大學，畢業後進入東京都內的老字號文具店擔任採購。一晃眼，離開這個家已過了十三個年頭。

奶奶過世，簡直是晴天霹靂。

七十九歲這個年齡，有人認為「還年輕」，也有人會覺得「嗯，差不多了吧……」，但文乃一直活力充沛、神采奕奕地打理店面，史郎便認定是前者的情況。所以他多年來都讓奶奶一個人過活，事到如今心裡很後悔。

史郎接到文乃的電話時，嚇到整個人驚慌失措。當時文乃說：「我要住院幾天，應該馬上就會出院了，你不用擔心。不用、不用，你不用回來。你好好工作，不要給同事添麻煩。」那僅僅是一個月前的事。

後來，一週前，人在醫院的文乃病情急轉直下，就這樣再也沒回過家。在那之前，兩人一直是電話聯繫。現在回想起來，當時他們以為隨時都還能再見面，總在閒聊一些無關緊要的話題，重要的事連提都沒提到。

因為這場變故，史郎目前暫時回到京都處理喪禮及後續事宜。

當喪禮辦完，慌亂心緒也沉澱不少以後，史郎踏進自從老闆住院就一直暫停營業的文具店。以往店內常有附近的大人小孩過來，算是挺熱鬧的。

史郎環顧店內，架上積了薄薄一層灰塵，在整齊陳列的各式文具中，還有最近雜誌和電視廣告裡介紹的新款鋼筆及小朋友會喜愛的那種精緻可愛的筆記本。小學生用的商品都擺在店門口較低的位置，方便他們看清楚。由此可見，文乃在住院前，一直都用心思考該進哪些商品，以及商品該如何陳列。

——這間店，也會就這樣暫停了時間、逐漸腐朽嗎？

史郎一想到這點，心裡就難受。文乃過世以後，親戚中也有人建議：「你不如就回京都繼承這間店怎麼樣？」

但一想到要搬回京都，自己果然還是遲遲無法邁出下一步。在目前任職的老字號文具店「文林堂」當文具採購，時不時就會飛往歐洲諸國出差，工作很有成就感，和上司及同事感情也很要好。

要捨棄東京的生活，對自己來說似乎還有點太早了。

只是，當此刻站在店裡，就感覺文乃彷彿還在那兒，童年時期深受文具魅力吸引，雀躍興奮的記憶逐漸在腦海中甦醒。

小時候，這裡簡直就像是書本或遊戲裡會出現的那種藏寶洞窟。光是看著客人選購店面陳列的五彩繽紛筆記本，想像他們會在上面寫些什麼，心裡就期待極了。自己每天放學回來就泡在店裡，一連好幾個小時拿那些試用的鉛筆或原子筆試寫，感受每枝筆的手感和性能，玩到文乃看不下去而挨罵也是家常便飯。

其中也不乏一些完全看不出用途的文具，每次史郎發問，文乃從不會不耐煩，總是仔細教他。

——對了，說到教……

印象中文乃有在店裡開小班課？

正當史郎在回溯記憶時，注意到一個看起來應是小學低年級的小女孩，正小心翼翼地探頭看向店內。史郎剛才想讓店裡通通風就把門打開了，從外面看起來說不定像是重新開始營業了。

「不好意思，今天也沒有開店喔。」

史郎走到店門口對小女孩說。

「奶奶呢？」

史郎頓時說不出話來，靜靜垂下目光。小女孩似乎認識文乃。

「奶奶，死掉了嗎？」

她大概是住這附近，從家人談話中隱約明白文乃過世了吧。

「嗯。奶奶已經不在了。妳是這附近的小孩嗎？」

史郎彎下身子，讓視線對上小女孩的眼睛。她點點頭。

「瑞穗我啊，之前跟奶奶學寫字。」

史郎的目光落到小女孩手上拿的粉紅色手提袋，掛在包包上的星型吊飾寫著「七瀨瑞穗」。她姓七瀨啊。名字可能是用平假名寫成，而非漢字。

史郎仔細追問才知道，她是在大手筋商店街上經營「NANASE」這家甜品咖啡廳的七瀨家的小孩。史郎記得前幾日她父母有來文乃的喪禮打過招呼。

這時他想起來了。文乃每週有幾天會在店裡開小班制的習字課。不是要磨墨寫毛筆字的書法教室，印象中專門收小學低年級的小朋友，教他們寫鉛筆字。

「所以，我在學校練習鉛筆字時被老師誇獎了。老師還畫了小花獎勵我喔。」

「哦，很厲害耶。」

瑞穗大概是被稱讚了很高興，從手提袋裡拿出寫著「練習本」的筆記本給史郎看。似乎是在店裡上課時使用的本子。翻開來，裡面是大格的方格紙。這是榎本文具店架上有擺的商品。

史郎一頁頁翻過，上面都是以稚嫩字跡寫下的平假名和簡單漢字，有些地方被用紅色鉛筆改過。想必是瑞穗寫的字，被身為老師的文乃糾正了吧。

「不管學什麼，要是沒先打下扎實的基礎，以後一定學不好。就算現在覺得有點困難，也必須努力。」

史郎讀小學那時，店裡還沒開設習字班，他是由文乃直接教導。

現在他工作上的聯繫以電子郵件為主，就算要郵寄信函也幾乎都用打字的。不過偶爾必須手寫時，自己能寫出一手不至於丟臉的尚可字跡，全是文乃的功勞。

方格紙上寫著一個畫圈的部分在中心線右邊的「ま」，簡直就像鏡像書寫，但這大概是小朋友常犯的錯誤。那個圈，被用紅色鉛筆改到了左側。

史郎微笑地看著說：

「妳很認真練習耶。」

「我以後還想學很多漢字，寫出更漂亮的字。還可以來學寫字嗎？」

「對不起。奶奶她不在了，以後沒辦法開習字班了。」

史郎於心不忍，但這是無可奈何的事。

瑞穗有些落寞地轉過身就離開了。

史郎當初希望暫時返鄉的時間更充裕，連同喪假及有薪休假總共請了十天假。現在假期還剩一半以上，但接下來必須去各單位提交死亡證明，向文具店的合作廠商打招呼等，還有一大堆事得做，根本沒閒暇時間可以安靜下來懷念故人。

喪禮結束兩天後，史郎待在老家整理文乃的遺物，文乃的妹妹今泉葉繪過來了。

「一個人收拾這些真是辛苦你了，史郎。」

葉繪跟在史郎後頭走進鋪著榻榻米的起居室，語氣裡滿是關愛。葉繪早年就嫁到嵯峨野，現在在那裡經營從老公手中繼承的骨董店。

「哪裡、哪裡，不敢當，葉繪小姐妳才是，大小事都靠妳打點，真的幫了大忙。」

史郎在老字號文具店工作，自然曉得一般婚喪喜慶的整套流程長什麼樣。但實際上每個地區都有其獨特習俗，而且還要和葬儀社及佛寺來回溝通，還有為來上香的親戚訂午餐等，種種細節仍必須有辦過喪禮的人才清楚。

葉繪在夫家已相繼送走公婆和老公，很熟悉整個流程，在文乃喪禮的各環節上鼎力相助。而喪禮結束後，她也每天過來幫忙大小事。她似乎認為代替姊姊照顧史郎是自己的義務。

另外，史郎都叫文乃「奶奶」，但面對這位跟文乃同輩的姑婆時，則按照她本人的意思叫「葉繪小姐」。

葉繪在安置骨灰罈的祭壇前上香，合掌致意完，才又轉過來面向這邊，從自己帶來的手提袋中取出盛著馬鈴薯燉肉的容器，還有一個用報紙包好、形狀像盒子的東西也遞了過來。

史郎拆開報紙，裡面是一個陳舊的硯盒。是蒔繪螺鈿[2]的工藝品，有幾經修復、長年使用過的痕跡。黑色底漆上鑲嵌的霓虹色貝殼妝點出野菊花及兩隻蝴蝶的圖案。應該是鮑魚或夜光貝吧。

「這個硯盒文乃姊姊用很久了，她一直很愛惜，裡面除了毛筆跟硯台，還擺了一整套文具。她住院幾天後我去探病，那時她要我過來拿這個硯盒去修。」

葉繪知道文乃平時忙於處理各種瑣事，才一直抽不出時間送修，便體貼詢問硯盒存放的位置，拿了家中鑰匙，前往空無一人的榎本家，把硯盒帶回家。

「你看，這裡有紅珊瑚珠子對吧？」

史郎仔細一瞧，蝴蝶的翅膀上有一部分零星鑲嵌著小顆紅色珊瑚珠。葉繪說，就

2「蒔繪」是在漆器表面先以漆繪製圖案，再趁漆未乾前撒上金粉、銀粉或色粉，讓粉末黏附上漆器表面的裝飾技法。「螺鈿」則是將貝殼或海螺碎片鑲嵌在器皿表面的一種裝飾工藝，會閃耀出銀紫色的光芒。

是這幾顆珠子掉下來了，修理時才鑲回去的。她自己就在經營骨董店，也有門路找師傅修復這類有年代的工藝品。

「姊姊說萬一之後搞混也很麻煩，就叫我連裡面的東西一起帶走。」

文乃就是如此信任葉繪。

「這算是文乃姊姊的遺物了，史郎，你拿去吧。」

葉繪這麼說道，連同鑰匙一起交給史郎。兩人討論完七七法會前的各項流程後，她就回去了。接下來先是頭七，再來是二七、三七、四七等，每七天一次，總共七場法會。

剩自己一個人後，史郎好奇眼前的硯盒裡裝了什麼，於是輕輕打開。

盒子是三層結構。史郎拿起綴有蒔繪螺鈿的蓋子，最上層除了墨、硯台及毛筆，還擺著鋼筆跟玻璃筆等文具。可能是因為文乃一直有開班教寫字，即使她電腦和手機都用得很熟練，依然重視手寫，也經常寄直書的親筆信給史郎。

一如所料，毛筆和鋼筆皆品質優異，也保養得很用心，整整齊齊收在盒子裡。

第二層裡，文件及書信依照五十音的順序以標籤隔開，清楚分類好。

然而，打開最下層的時候，史郎疑惑地側過頭。

裡面放了一本大學筆記本，一枝輝柏牌最暢銷的「CASTELL9000」鉛筆。鉛筆散發出高級感的墨綠底色上印有註明筆芯顏色濃淡的「６Ｂ」。前端削過了，但從長度看來，這枝筆連四分之一都沒用到就完成了它的任務，後來就一直靜靜躺在盒底，任時光悄然流逝。

史郎拿起那枝鉛筆，試著在便條紙上寫寫看。CASTELL9000這款鉛筆就算同樣是６Ｂ，依然有硬度上的變化。這枝鉛筆偏硬，並不適合小朋友拿來畫圖或畫美術課的素描，應該是用來寫字的吧。

但平常沒見過文乃用顏色這麼深的鉛筆。桌上筆筒裡插的幾枝鉛筆也全是ＨＢ。再加上收著沒繼續使用這一點，可想見這並不是文乃的筆。

至於大學筆記本就是隨處可見的那種。史郎翻開筆記本，裡頭全是空白的，什麼都沒寫。

不過仔細一瞧，前幾頁被撕掉了，最上面那張空白頁面上還殘留著貌似先前寫字時留下的凹痕。

史郎猜測那應該是被撕掉那幾頁上寫的內容，在好奇心的驅使下，他為了清楚辨識出文字，拿起剛才試寫的那枝６Ｂ鉛筆淺淺塗上一層黑色。

然而，浮現出的文字卻讓史郎更加困惑了。

用鉛筆薄薄塗黑的筆記本上浮現的白色文字是「工藤裕幸」這幾個字。其他看得出來的，還有以歪歪斜斜的字跡寫著像「我知道……」這樣，簡直像把小學生作文挖掉一部分後剩下的隻字片語。一串文字並沒有組成完整的句子，那些零碎單詞和語句拼湊不出清楚意思。筆跡也很像小朋友。

史郎對「工藤裕幸」這名字完全沒有印象。他猜想可能是小朋友，但究竟是誰呢？還有，跟文乃又是什麼關係？

——難道是奶奶習字班裡的學生？

史郎這樣猜測，並從文乃的桌子抽屜裡取出習字班的學生名簿。

這是他之前整理遺物時發現的。裡面也有前幾天跑來文具店探頭探腦的七瀨瑞穗的名字。

學生人數充其量也就二十人左右，一下就看完了，但並沒有「工藤裕幸」這個名字。史郎也翻找過去的名簿，果然還是沒看到。

看來「工藤裕幸」不是習字班的學生。

史郎心裡莫名介意，算準葉繪該到家的時間，撥了通電話過去。

他問葉繪，妳知道「工藤裕幸」是誰嗎？

「不知道耶，這名字我完全沒印象。」

史郎本就不抱期待，接著說道：

「這樣啊，那沒事了。不好意思又來打擾妳。」

當他說完這句話，正準備要掛上電話時，葉繪這麼說：

「……咦？等一下。名字暫且不管，『工藤』這個姓氏我好像在哪裡看過。」

不是「聽過」而是「看過」？那會是在怎麼樣的情況下呢？就在史郎思索著這件事時，葉繪接著說：

「對了，對了。」

聽起來葉繪在電話另一頭拍了下大腿。

「史郎，昨天我不是有把姊姊的香奠和帳目帶過去給你嗎？」

「啊啊，奠儀禮簿嗎？」

所謂奠儀禮簿，就是來參加喪禮時有給香奠的弔唁賓客名單。

文乃的喪禮在當地的生命禮儀會館舉行，前來排隊上香的人數多到超乎想像。除了親戚，多半是從以前就在大手筋商店街經營店鋪，常和文乃打照面的那些街坊鄰居。史郎離開京都已超過十年，很多人都不認得，但他們依然親切地打招呼致意。

從弔唁賓客收到的香奠袋數量不少，葉繪便替史郎一個一個打開袋子，把每個人的姓名和香奠金額寫進禮簿，整理成一份名單。

香奠可不是光收下就沒事了，萬一給香奠的人日後家裡遭逢不幸，自己也要給對方香奠——通常是相同金額——才合乎禮數，所以必須列出有給香奠的賓客名單。

自從文乃的喪禮，史郎的每一天就像從原本熟悉的東京日常，一頭跌進了陌生又混亂的異世界。直到此刻，看見那本奠儀禮簿上一筆一劃寫下的優美字跡，他才首次體會到藏在筆墨間的用心。

當初他認為自己用筆電快速整理一份表格就行了，但不愧是文乃個性細心的妹妹，葉繪堅持說：「這種東西如果不親手寫在簿子上，對於給香奠的賓客或對故人都顯得失禮。」

史郎把葉繪交給自己的奠儀禮簿拿到電話旁，唰唰唰地翻開。

這本奠儀禮簿經過精心設計，外觀看起來就像江戶時代商人使用的大福帳，令人聯想到用長方形半紙堆疊繫成的大本古早日曆。

葉繪一起帶過來的現金，當天就存進銀行了。

「那本奠儀禮簿裡，應該有寫一個叫工藤什麼先生的名字。」

史郎翻了幾頁，忍不住要懷疑自己的眼睛。

上面寫著「工藤健吾——五萬日圓」。這金額不會太多了嗎？

「有了，葉繪小姐。但這個人和奶奶是什麼關係啊？遠親之類的嗎？」

「不是。我們親戚裡沒人姓工藤。好像也不是早逝姊夫的親友。」

葉繪似乎在電話另一側頻頻偏過頭。

「史郎，我還以為一定是你的熟人咧。」

「不是，我不認識啊。只是，如果是關係好的親戚也就罷了，這香奠的金額也太多了吧。」

話筒裡傳來「呵呵呵」的笑聲。

「嗯，是啊。姊姊原就交遊廣闊……在京都，人與人之間就算有些比較特殊的交流也不奇怪。東京怎麼樣我是不曉得啦。」

經她這麼一說，史郎想起文乃的性格確實非常有京都人風範，即便面對初次見面的人，她依然會展現出一種細緻的體貼，便說不出反駁的話。

「對了。我記得那個人在香奠袋上還寫了地址。」

奠儀禮簿上只會記姓名及金額。

「你看一下袋子。說不定可以從地址找出人家的來歷。」

葉繪以刑警般的口吻這麼說完，便掛上電話。

隔天是五月難得的晴天，宜人微風輕輕吹拂。

中午過後，史郎從離書店最近的車站——近鐵京都線的桃山御陵前站，往遠離京都站的方向搭一站，在向島站下車。照理來說，只有一站的距離是走得到，但這一帶的樣貌與十三年前變化很多，他怕萬一迷路就麻煩了才決定搭電車。

他踏出唯一一個剪票口，朝西口方向前進，走下車站外頭的階梯，又穿過稍嫌狹窄的小巷來到大馬路上，視野頓時開闊起來。

眼前是一大片綠油油的田地，好幾條農業灌溉渠道彷彿在田間穿針引線般奔流著。這些渠道，最終都會匯流進宇治川。

史郎回頭，車站另一側和這邊相反，矗立著一大群高聳公寓。

根據香奠袋上寫的地址，工藤健吾的家，應該就是零星散布在前面這些田地裡的獨棟房子中的某一間吧。

昨天，史郎聽從葉繪的建議找到香奠袋後，就打算登門道謝，順便拜訪工藤健吾這個人，便按照上頭寫的地址過來了。讓給香奠的賓客可自行挑選回禮的禮品型錄還要一個月左右才會寄送，他今天買了辻利的麵包脆餅來當伴手禮。

不過，這只是表面上的藉口，他心裡其實是想確認對方和已故的文乃究竟是何種關係。史郎也暗自期待，工藤健吾和八成是文乃遺物硯盒裡那枝高級鉛筆

CASTELL9000的所有者「工藤裕幸」之間可能存在著某種關聯。

他很快就找到工藤家。香奠袋上並沒有寫電話號碼，現在人是到門口了，但若家裡沒人也是白跑一趟。幸好一位看起來約莫四十歲、應該是工藤太太的女子開門出來了。

史郎打招呼、說明來意時，工藤健吾本人也過來了。他說「請進」，爽快招呼自己進到客廳。

客廳是一間面向簷廊、氣氛沉穩的和室。敞開的玻璃門外頭，是細心照料的庭院。那裡挖了一個小池塘，水池邊緣開滿了菖蒲花。在一片紫色花朵中，也零星綻放著黃色菖蒲。

工藤健吾，看起來是個沉穩的人，年紀大約四十五歲。頭髮已半白，但膚色曬得黝黑，身材很健壯。這樣說起來，屋子旁邊有一間貌似倉庫的建築物，他們說不定是農家。

史郎先謝謝他來弔唁，並拿出自己帶來的伴手禮，告訴他收到高達五萬日圓的香奠自己感到有些過意不去，再不動聲色地詢問他和奶奶的關係。

健吾先以「多謝你費心」道謝，然後以歉然神色說道：

「不好意思，香奠是五年前我岳父在過世前留下的遺言，詳細緣由我也不清楚。好像是你奶奶曾對他有過大恩……你不必客氣，請安心收下。」

語畢再次低頭致意。

一問之下，健吾口中的岳父，是健吾的妻子彌生的父親，享壽七十六歲。那就和文乃年紀差不多，兩人似乎是點頭之交，曾參加過同一個社團，但並不算特別熟識。

岳父的名字是「裕次郎」，並不是「裕幸」。

史郎考量到對方的心情，決定就收下香奠。

「那麼，可以讓我在令先岳父的牌位前上個香嗎？」

史郎認為這是基本禮貌，而主動提出請求。

他完全沒料到高達五萬日圓的香奠居然是已故者的遺言。對方甚至沒有把理由告訴家人，想必一定有什麼不希望他人得知的隱情吧。

——雖然心裡還有疑惑未解，但就別繼續追問了。

史郎被帶到的佛壇上，立著兩張照片。一張是白髮年長男性，想必就是工藤裕次郎了。另一張則像是小學低年級男孩子的照片。仔細一看，牌位也有兩個。

「那個，請問這孩子是？」

史郎不假思索地詢問在旁邊靜候的健吾。

「那孩子叫作裕幸，是我們家的長男。十年前溺水過世了。」

小孩子的名字是「工藤裕幸」，得年八歲……

「那、那個……這麼小就過世了，真的很遺憾。」

自己在找的裕幸竟然已經過世了，史郎壓下心中的震驚，再進一步觀察，佛壇上的照片前面整齊擺放著幾樣物品，應該是故人的遺物了。

工藤裕次郎的照片前面有一副特殊的眼鏡。鏡片反射出的光線會因為觀看角度不同而產生變化，有時是藍色，有時是綠色或偏紅的紫色等。如果要拿個東西比喻，那就是鑲嵌在奶奶硯盒上的螺鈿工藝裡，貝類所呈現出的霓虹色澤。

裕幸的遺物，是很符合小學生風格的鉛筆盒。蓋子是打開的，裡面的物品自然映入眼底。

史郎不由得一愣。鉛筆盒裡，和橡皮擦、尺等文具整整齊齊擺放在一起的，是一枝6B的高級鉛筆──CASTELL 9000。正和文乃硯盒底層那枝一模一樣。

健吾正神情訝異地看著這邊，史郎注意到他的視線，

「我的工作是文具採購，所以對文具很了解。裕幸以前用的是一枝非常好的鉛筆呢。這枝鉛筆是德國老字號文具製造商輝柏最暢銷的款式。健吾先生，是你挑選的嗎？」

他開口詢問後，健吾伸手搔搔頭。

「不是耶，這類事我不太清楚。不過我那過世的岳父對文具很講究，他給裕幸買東西好像也都會精挑細選過。──可能是請榎本文具店幫忙訂的也說不定。」

那倒是很有可能。這枝高級鉛筆並不是隨處都有在賣的商品。在這種事上，文乃總是盡心盡力滿足顧客的要求，就連原本店裡沒有擺放的商品，她也經常從文具製造商另行進貨。

看來岳父裕次郎是時常光顧榎本文具店的顧客，和文乃會認識可說是理所當然。

不過，單單因為這個緣故，就預先安排好要在對方過世時送上高達五萬日圓的香奠，這怎麼想都不太尋常吧？

「裕幸自己也非常喜歡這枝鉛筆。可能是受到外公的影響，甚至還說其他牌的筆他才不想用。不過他寫作業時，鉛筆芯老是啪地一聲折斷——現在回想起來，一切還是像昨天才剛發生一樣。」

健吾一臉懷念地說。

——奶奶硯盒裡的那枝鉛筆，也是這孩子的所有物嗎？

「要是沒發生那種事的話……」

兩人從佛壇所在的房間回到客廳後，健吾向史郎敘述起自己兒子過世的經過。

十年前，差不多正好這個時節——當時小學三年級的裕幸在五月的連假中，跌落進距離這間房子五百公尺左右的渠道裡溺斃。因為前一天晚上下大雨，渠道不僅水量暴增，流速也很湍急，加上他運氣不好，剛好沒其他人經過那一帶。

現場有設置欄杆，但裕幸似乎是打算翻過去時不小心摔下去的。

正好這個時候，彌生太太端著上面擺著茶杯的托盤走進客廳。

「是我害的。是我害死那孩子的。」

她這樣說完，神情悲傷地將目光投向庭院。在一簇簇紫色花朵中，星星點點探出頭來的黃色菖蒲色彩鮮亮。

裕幸在過世前一天，因為一句無心之言惹哭朋友，被媽媽彌生責備，兩人吵了一架。

裕幸從小就喜歡踢足球，經常和朋友一起玩。上小學那一年，他加入當地的足球社團，要升二年級時，被選為小學低年級組的先發球員。

五月的黃金週連假期間，在京都有一場足球大賽。

裕幸身為先發，當然是幹勁十足地上場了。

彌生和其他家長一起做便當前去加油。

沒想到原以為能輕鬆取勝的第一場比賽，雙方都一直沒辦法得分，比賽就在零比零的僵局中來到尾聲。結果，同隊的一位少年被對方選手成功截球，射門得分，犯下令人無比懊惱的失誤。

對手進了這一分後士氣大振，又接連得分，最終，裕幸的隊伍在第一戰落敗。

裕幸應該是非常不甘心，輸了比賽後一時情緒激動，就在大家面前大聲指責那名失誤的少年。

「你搞什麼啊。害比賽輸掉了。」

挨罵的少年哭著一直道歉說「對不起，對不起」。

彌生認識那名少年。姓氏雖然忘記了，但名字叫作善彥，大家平時都叫他「小善」。順帶一提，在這個社團，孩子們的父母也經常幫忙營運工作，今天也是幾乎所有人的爸媽都到場了，只有善彥的父母總以工作忙碌為由，幾乎不曾參加任何活動，今天也沒有來。或許因為這個緣故，善彥看起來特別無助。

彌生的原則一向是不太干涉小朋友之間的互動，但這次她穿過聚集在稍遠處的人群，朝兩人走近，開口道：

「別說了，裕幸。小善也拚命踢了，不是嗎？你不要指責別人的失誤。」

「可是……輸了，就不能再踢比賽了。我還想再踢更多場。都是小善的錯。」

裕幸一副不能接受的表情，鬧著脾氣。

「裕幸，你敢說自己從來沒失誤過嗎？不可能的，對不對？好了，你跟小善道歉。」

「不要。我又沒做錯事。」

裕幸氣憤地離開現場，彌生立刻向善彥道歉。

後來，裕幸似乎一個人回家去了，到家後也生悶氣不講話。

明明不久前，他還是個坦率又可愛的孩子——但裕幸最近時常頂嘴，身為母親，彌生總覺得孩子似乎開始和自己愈離愈遠。這一點令她很介意。

「每個小孩都有叛逆期。那孩子也要透過這樣的過程，逐漸走向獨立自主。」

健吾這樣安慰自己。彌生在理智上也可以理解這件事，但心裡就是不由得感到寂寞。

隔天，附近安養院的工作人員要來家裡。

之前有一次，爸爸裕次郎邀請住那間安養院的朋友來家裡，那個人大力讚賞庭院裡的菖蒲花，一直誇讚好漂亮。這件事也傳進安養院工作人員的耳裡，於是約定好要分送一些花給他們。

沒想到在約好的當天，彌生和健吾臨時有事必須出門一趟，同住的裕次郎也一早就出門參加圍棋聚會去了，所以彌生就交代裕幸。她以為這時候裕幸已經消氣了。

「裕幸，媽媽和爸爸要出門，如果安養院的人來了，你就剪五、六株庭院裡開的花給他們，可以嗎？」

彌生這樣吩咐，把花剪交給被叫到客廳來的兒子。從前，只要一到這個季節，庭院裡就會開滿紫色的菖蒲花。但今年不曉得是什麼緣故，在一叢叢紫花中，獨獨開了一朵鮮亮的黃菖蒲，彌生每次看見那朵花，就覺得心情安穩。

這時，她又強調說：

「不過，你看喔，只有開在那邊的黃花不要剪。媽媽很喜歡那朵花。紫花給他們多少都沒關係。」

「好，我知道了。媽媽。」

裕幸的樣子跟平常沒有兩樣，他答應自己後，夫婦倆便出門去了。

安心外出的彌生在幾小時後回到家，一看庭院卻發現，心愛的那朵黃菖蒲不見了啊。

彌生腦海裡，跳出昨天足球比賽後發生的那件事。裕幸該不會還記恨昨天挨自己罵，為了洩憤才故意把黃花剪掉吧？可是出門前他還像沒事人一樣坦率答應……

——不對。那孩子，不會做這種事。

彌生立刻揮開這個缺乏深思熟慮的輕率念頭。說不定是其中有什麼誤會。嗯，也可能是對方特別想要黃花……

彌生拿起客廳裡的電話話筒，打電話給今天來家裡那位工作人員任職的安養院。她一報上姓名，對方立刻就了解情況。接起電話的安養院女職員向彌生道謝，說彌生送的花已經插在公共空間裡，安養院的長輩們都非常高興。

「我們剛好有急事，只好叫我那個還是小學生的兒子去庭院剪幾朵花給妳，就趕著出門了，沒出什麼差錯吧？」

彌生如此詢問。電話另一頭的女職員先說「您多慮了」後，接著說：

「去您家的那位工作人員說，您的兒子非常有禮貌，還有先好好打過招呼，才去庭院自己挑選幾株花給她的。」

「那裡面，有一朵黃色的花嗎？」

「對，她說是您兒子剪的，非常漂亮。」

彌生恍惚地回了幾句後，掛上話筒。

才剛壓下的懷疑，終於變成了確信。裕幸是為了報復自己，才把她喜歡的黃菖蒲剪掉。如果他把自己的不開心當面說出來那也就罷了。

——那孩子，竟然會做這種事……

彌生突然感覺裕幸好像變成了一個陌生的孩子。

她去二樓的小孩房間把裕幸叫過來。那時，健吾也察覺到氣氛不對，跟著來到客廳，一臉擔憂地看著。

「裕幸，媽媽有說過吧？我說庭院裡只有那朵黃花不要剪，你卻沒聽我的話。」

「咦……？」

裕幸一瞬間愣住，交替看向庭院裡的菖蒲和媽媽的臉。

「妳先冷靜一下，裕幸他……」

健吾正要介入時，彌生打斷他，忍不住情緒上來便接著說：

「你還在氣昨天比賽的事吧？如果是那樣的話，你直接說出來不就得了。」

「不是。我是……」

他沒有繼續說下去。

裕幸看著彌生，嘴唇顫抖，沒多久就轉過身啪嗒啪嗒跑上樓梯，把自己關進二樓的小孩房裡。

後來，裕幸偷偷溜出家門，等發現時房間裡已經沒人了。

一直到傍晚裕幸都沒有回家，彌生跟健吾，還有回家後聽了來龍去脈的爺爺裕次郎分頭去附近找人。還打電話到小學及足球社團朋友家詢問，卻依然不曉得裕幸去哪裡了。

他們也想過裕幸可能只是因為被彌生責罵才賭氣躲起來，但憂心忡忡的家人決定向警方報案。

當天，就在渠道裡找到裕幸。

以一種再也不能天真無邪地說話，再也不能盡情踢足球的姿態。

儘管是順勢而為，但史郎開始後悔讓夫婦倆提起傷心往事。那雖是一起不幸的意外，但一考慮到他們身為父母，特別是母親彌生的心情，史郎就覺得於心不忍。

「現在回想起來，我想兒子那時候應該沒有惡意，可能單純就是搞錯了，也說不定他一邊在想其他事，一個不小心就剪下了黃菖蒲。因為他有時候也會說出一些我們聽不太懂、感覺有點奇怪的話。」

她的語氣透著寂寞，但聽起來並沒有飽受痛苦和後悔的折磨。倒像是已經跨越痛苦，懷著滿滿的愛在凝望記憶裡的裕幸一樣。

就像是，只要跟足球有關的電視節目，裕幸一定會看，但只有一次奧運轉播，在比賽途中他就失去興趣不看了，拿起遙控轉台。

彌生問他理由時，裕幸說：

「亂七八糟的，看不出誰是自己人。」

他只回了這句話，沒能繼續深入解釋。

「我記得那應該是二〇一二年的倫敦奧運。」

健吾也在搜尋記憶。

「對戰雙方是巴西和中南美的某個國家……足球比賽這種東西，任誰來看都會覺得敵方跟自己人混成一團吧。當時裕幸又只有七歲。」

「可是其他比賽，他都會從頭到尾看完。」

雙親一臉懷念地回憶。

「裕幸過世時，我沒有餘裕去思考那孩子行動的理由。一想到那孩子是在抱著對我的怒氣下過世，我就無法原諒自己。」

彌生很想和裕幸好好談談，然後言歸於好吧？

「如果不是發現這封信，我說不定早就自殺了。」

她這樣說道，從佛壇的抽屜裡取出對折成四分之一大小的信紙。

沒有信封，但那張空白信紙的背面用歪歪扭扭的字跡寫著收件人「給媽媽」。把信紙對折再對折，藏起內文後，原本是背面的那一面就變成了正面，立刻映入眼底。

攤開來看，紙上寫著以下這樣的內容。

媽媽對不起。害小善哭，
是我不對。我最喜歡媽媽了。
我去採花回來給妳喔。裕幸
敬上。

內文跟收件人一樣都是小孩子的筆跡。

按照健吾的說法，這張信紙是裕幸頭七過了兩、三天時，爺爺裕次郎在客廳的櫃子下面發現的。

大概是裕幸過世當天，在衝出家門前匆匆寫下這封信，擺在客廳桌上想讓媽媽一眼就能看見。不過這時期客廳面向庭院的玻璃門總是敞開的，這張紙被從外頭吹進來的風吹到櫃子下面，在裕次郎發現它之前，誰也沒有注意到。

健吾說，裕幸落水的地點在渠道岸邊——防護欄杆的裡側——當時，那裡開了一大片黃菖蒲花。裕幸可能是想採幾朵給媽媽才爬上欄杆，不小心摔下去。

「在看到這封信前，我腦中唯一的想法就是，我好想去找裕幸、好想向他道歉。爸爸和老公都很擔心我，但我完全沒有餘力顧及他們的心情……可是，看了這封信我才明白，那孩子即使被我罵也沒有討厭我，還說最喜歡我，我才能找回自己。」

史郎離開工藤家，在回家路上沉浸於思考之中。

現在知道「工藤裕幸」是誰了，但他和文乃究竟是什麼關係？為什麼文乃的硯盒裡會出現那枝應該是他的CASTELL9000？這些問題依然成謎。

文乃會和孩子產生交集的原因，不外乎是「顧客」或者「習字班的學生」這兩者之一吧。

不過他們說文具都是爺爺買的，裕幸似乎也沒有來上課。這樣的話，這兩人可能一次都沒碰過面。文乃認識的是大概爺爺裕次郎……

還有，那對夫婦在談話中提到，裕幸看奧運電視轉播足球比賽時的小插曲也莫名令人在意。

那究竟意味著什麼？

記得健吾說，裕幸看到一半就放棄的是巴西和中南美洲某國的比賽。

史郎到家後，打開電腦輸入「二〇一二年　倫敦奧運　足球　巴西　比賽對手」開始搜尋。

在這樣做的過程中，史郎也慢慢想起來。

倫敦奧運那一次足球大賽，日本雖然晉級最終淘汰賽，卻在準決賽遺憾敗給墨西哥，隨後那場季殿爭奪戰又輸給韓國，最終只拿下第四名。

這場大賽，墨西哥首度奪得優勝的壯舉蔚為話題。

接下來，史郎檢視搜尋結果，原本奪冠呼聲高的巴西在決賽與墨西哥在一番激烈纏鬥後，遺憾落敗。

墨西哥是中南美洲國家，這也符合健吾說的話。

那麼，裕幸當時看的就是這一場決賽嗎？

不對，如果是這樣，那裕幸的反應，以及工藤夫婦在講這些話時的態度，不會稍嫌太平淡了嗎？足球是熱門運動，而且奧運決賽會決定誰是全球第一，這可是讓全世界民眾瘋狂守在電視機前的一場世紀大戰。一般來說就算影像品質稍微差了些，也會看到最後一刻才對。

史郎查了一下前面的對戰賽程，巴西在晉級最終淘汰賽前隸屬於C組，跟埃及、白俄羅斯和紐西蘭三國進行循環賽，取得分組第一。不過，這裡面並沒有國家在中南美洲。

然後，在進決賽前，半準決賽是跟宏都拉斯踢，準決賽則是和韓國比。

這裡面中南美洲的國家就只有宏都拉斯了。

雖然已經是十一年前的事了，但網路上還找得到巴西對宏都拉斯那場比賽的影片。

史郎盯著影片疑惑側過頭。

——這場比賽有哪裡好分不清楚的？

影片中，巴西隊和宏都拉斯隊的選手們交錯混雜在場上，發動一波又一波熱烈的攻勢。

健吾也說過，足球比賽這種東西，就是敵方和自己人都混在一起，亂七八糟的。這情況應是每場比賽都一樣。但為什麼唯有這場比賽，裕幸會放棄看完呢？

他們說，裕幸當時說了「看不出誰是自己人」。不過，敵我的區別，不是只要看選手們身上的制服就一目瞭然了嗎？

佛壇上裕次郎那副閃動著特殊光澤的眼鏡，唐突地撞進史郎的腦海。

那副眼鏡的鏡片幾乎沒有弧度。那是有什麼用途的眼鏡呢？

史郎又開始在網路上搜尋跟足球完全無關的資料。

在他的腦海中，一個推測成形了。

史郎來到工藤夫婦提到裕幸溺死的那條渠道。

渠道旁的堤防上，設置了大約一點五、六公尺高的欄杆。根據健吾的說法，當時也一樣有防護欄杆。

他把帶來的黃色菖蒲花束供奉在欄杆下。渠道曾重新拓寬，現在已沒有自然生長的黃菖蒲了。

在史郎推理出的事實中，奶奶文乃扮演了一個相當關鍵的角色。不，說她是隱身幕後的主角也不為過。

史郎合掌致意，在腦中遙想起那些故人的故事。

十一年前的倫敦奧運，在足球半準決賽碰頭的兩隊，巴西的制服是黃色的，另一方宏都拉斯的制服設計則是藍底白條紋。

裕幸會在電視轉播那場比賽時看到一半就放棄，是因為沒辦法分辨這兩種制服的顏色。恐怕在他眼裡，雙方看起來都是接近咖啡色的色彩吧？

極有可能，裕幸天生色彩辨識能力就有異常，想必就連雙親甚至本人都沒發現這件事。稱為「色弱」的這個症狀分為好幾種情況，最常見的是沒辦法辨別紅跟綠的類型，但裕幸看起來應該是沒辦法分辨黃、藍、紫，屬於相對少見的類型。

另外，這種色彩辨識能力異常是會遺傳的，而男性遺傳到的機率較高。

擺在工藤家佛壇上裕次郎那副特殊眼鏡令史郎很在意，他在網路上搜尋有沒有地方販售同款眼鏡後，發現那是色彩辨識能力異常的矯正眼鏡。

如果裕次郎有色弱，就可以推測他的孫子裕幸可能也有遺傳到。不過裕幸年紀還小，再過個幾年，身邊的大人或他自己意識到不太對勁去做色盲測試，說不定就會發現色覺辨識異常。

然後，在扭轉命運的那一天，裕幸沒辦法分辨紫色的菖蒲和黃色的菖蒲，所以他完全搞不懂媽媽為什麼會生氣，但為了媽媽，還是跑去聽人家說「長著黃色菖蒲」的渠道——實情會不會是這樣？

裕幸過世後，據說在櫃子下方找到的那封信，大概是奶奶文乃代寫的。根據昨天工藤夫婦說的內容，那封信是爺爺裕次郎發現的。他們認為裕幸放在客廳桌上的那張信紙是被風吹到櫃子的下面，在被人發現前一直靜靜躺在那裡，但真相八成不是這樣。

如同彌生本人所說，在裕幸的頭七後，她一從喪禮的忙碌慌亂中脫離出來，就因自責而陷入憂鬱狀態。

當時的彌生完全提不起勁做任何事。

「如果不是我那時候罵他，裕幸就不會死了……我想去找那孩子，向他道歉。」

彌生說到哽咽的身影，不光是健吾，就連她爸爸裕次郎看了都很不忍吧。可是，不管旁人怎麼勸她，再三說這並不是她的錯，這就是一場不幸的意外，因為失去最愛的兒子而陷入無盡悲傷的她都聽不進去。

裕次郎不願看見女兒受苦，思來想去，最後來到平常幫裕幸買鉛筆的榎本文具店找文乃。

裕次郎平時就常去榎本文具店選購孫子和自己的文具，很可能看過文乃在店面一角教小朋友寫字。

所以他想，文乃是經常教小朋友寫字的習字老師，應該擅於模仿小朋友的筆跡，說不定可以寫出和過世的裕幸相像的字跡？

裕次郎向文乃說明緣由，並提出請求：

「再這樣下去，我女兒可能會因為過度自責而自殺。他們母子倆只是剛好在那時候吵了一架，平常他們的感情真的很好。拜託妳代替裕幸，寫一封可以鼓勵我女兒的信。」

文乃在了解事情經過後，決定幫忙——模仿裕幸的字跡寫信。

不過要看那封信的人，可是最了解裕幸的他爸媽。特別是彌生，萬一學得不到位，肯定馬上就會被看穿。

委託此事的裕次郎為了避免女兒起疑，把裕幸平常用的那枝6B的CASTELL 9000交給文乃。

文乃大概也提出要求說：「代替他寫信前，我想先看裕幸寫的信或作文練習。」

於是裕次郎也偷偷把裕幸的國語作業簿，還有寫了作文的稿紙拿出來交給文乃。

然後，文乃細心觀察裕幸的作文，想必也掌握住他下筆力道強的這項特點。這也符合昨天他爸爸健吾的說法——「裕幸寫作業時，老是啪地一聲把鉛筆芯折斷」。史郎原以為那是因為他偏愛6B這種較軟鉛筆的緣故，但想來本人的下筆力道也占了一部分原因吧。

文乃不只留意字跡的特徵，同時也要注意下筆力道，在那本大學筆記本上練習了一遍又一遍……

然後，在裕次郎拿來的信紙——這也是裕幸的東西——上面正式寫好信，再交給裕次郎。那應該是接下委託過兩、三天後的事了。

文乃當時把用來練習模仿裕幸的筆記本——或者是作文——還給了裕次郎。至於用到一半的鉛筆，由於裕次郎說今後說不定還需要麻煩她，也就先收在自己這邊。硯盒裡的那枝鉛筆，應該就是裕次郎偷偷拿給文乃寫信用的筆吧？

文乃應是認為代為寫信這件事需要謹慎處理吧，才會把用來練習模仿裕幸筆跡的大學筆記本那幾頁都撕下丟棄。所以那個硯盒裡只剩下CASTELL9000的鉛筆和空白的大學筆記本——這樣一想，就全說得通了。

接下來，裕次郎把文乃交給自己的那張信紙塞到客廳的櫃子下面，裝成自己剛剛發現的樣子，把一切布置成好像那張紙是裕幸衝出家門前寫的一樣。

裕次郎拜託健吾送上五萬日圓香奠，可能是因為讓文乃陪著他一同撒謊，在向她道歉吧？

即使撒謊，裕次郎也想救女兒吧？不過，文乃有「自己在撒謊」的自覺嗎？這一點很值得懷疑。對文乃來說，代替死者寫信，恐怕只是在代替裕幸向媽媽傳達他已無法說出口的真實情感吧？

裕幸為了摘黃菖蒲給媽媽跑到這裡來——既然知道寫那封信的人其實是文乃，下面這些就只不過是推測吧。不過……

史郎再次觀察防護欄杆，欄杆高度稍微高於小學三年級小朋友的身高。裕幸爬到這個欄杆上，那行為背後應該有明確目的才對。況且又聽說，在欄杆裡側的堤防上開著黃菖蒲。

——這一定就是真相了吧。

史郎強烈這麼認為。然後，在心中對那位少年說：

——你真了不起，裕幸。即使媽媽不理解自己，也打算好好面對她，跟她和好。

你真的很棒。

「史郎，你在嗎？」

兩天後，葉繪再度造訪。

「謝謝妳的馬鈴薯燉肉。很好吃。」

史郎領著葉繪到起居室，遞去洗乾淨的容器。

「這個，是燉煮里芋。」

葉繪這麼說，又拿出另一個容器。

「好耶。幫大忙了。」

史郎不太愛吃泡麵和超市熟食，沒多少機會吃到花時間燉煮的家常料理，因此特別感激。

「還有這個，雖然端午已經過了，我想說你還是可以泡個菖蒲澡。」

葉繪遞過來用報紙包好的一把帶莖細長菖蒲葉。

「好懷念喔。以前每到這個時候，奶奶都會把這種葉子放進浴缸的熱水裡。」

小時候老覺得「這味道好怪」，但此刻，這種據說可以驅除邪氣的獨特強烈香氣，似乎令身體湧出一股力量。

「對了，葉繪小姐。這附近有沒有習字班？像奶奶以前那種專門教小朋友寫字的地方。我想介紹一個原本在店裡學寫字的小孩過去。」

「說的也是。有是有，不過——那麼，我介紹個好老師吧。」

「謝謝。」

史郎打算把這項資訊轉達給表示想繼續學寫字的七瀨瑞穗的父母。

葉繪雙手拍在一起，像是忽然想起什麼。

「對了，你知道工藤先生是什麼人了嗎？」

史郎回答她，五萬日圓的香奠是上一代的遺言，詳細情形就不清楚了。

「這樣啊。你休假也差不多快結束了吧。史郎，等你回東京，這裡又要變空蕩蕩了。雖然這也是沒辦法的事，但姊姊以前在的這間屋子和這間店，都要變成空屋了啊。」

「暫時會是那樣，所以葉繪小姐，妳要偶爾過來開窗通通風喔。」

史郎這麼說，一邊遞出備用鑰匙。

「等我回東京把一切都打點好，馬上就會回來。在那之前，就麻煩妳了。」

「咦？」

葉繪又驚又喜。

「你突然想繼承這間店啦？還真是說變就變耶。」

自從得知裕幸和文乃的事後，史郎心中就萌生了一股渴望，想再次體會看看無法在大企業裡獲得的、與顧客直接交流的工作方式，這種心情日益強烈。

文乃真摯地面對陷入苦惱的顧客，盡自己最大的力量幫助對方。如果有人知道真相，可能會出言批評。但史郎認為那很美好。自己有機會明白奶奶真誠待人的心意，真的太好了。

史郎想親眼看著那些來買文具的顧客神采奕奕的臉孔，實際與對方交流。就如同文乃多年來一直在做的事情一樣。

稍後，史郎泡在放了菖蒲葉的熱水裡放鬆身心時，腦中已開始擬定榎本文具店重新開幕的計畫了。

第二章

金黃色的黎明

奶奶文乃的七七四十九日法會和搬回京都等事全部完成，心情上也告一段落後，榎本史郎便認真著手準備文具店的重新開幕。

話雖如此，他一百八十度大轉彎又回到京都，其實才過了十天不到，行李也還沒全整理好。但自從文乃住院後店就一直關著，不少商店街的人都在問：「店什麼時候才會開？」因此他希望能盡快開店。

當時，他在東京做了多年採購的公司試圖慰留他。等公司終於收下他的辭職信，又得把手頭上的工作告一段落，還要交接，結果花了一個月以上。

他原本就很喜歡這份工作，也不想離開公司裡的主管跟同事，但最終他下定決心，絕不能讓文乃留下的榎本文具店就此消失。

他透過文乃細心留存的訂單和商品庫存，已大致掌握住之前的經營狀況。從那些資料看來，文乃一直有穩定賺錢，盈餘是逐步成長的。

史郎打算今後也要繼承那條穩健路線，不過在重新開幕前，要先讓店內模樣煥然一新。以前，鉛筆、橡皮擦、習字用練習簿等商品的種類很豐富，其他商品有許多是打安全牌的量產品。大概是因為先前有開習字班的緣故，就商品種類來看，文乃似乎把重心擺在小朋友用的文具上。

除維持學童用文具外，史郎又新闢了專為商務人士打造的文具區，陳列鋼筆與系統記事本等。ZEBRA推出的SARASA系列，只要幾百日圓就能入手，品質佳又好書寫，深受大眾喜愛。除此之外，即使是平時路上發的那種贈品筆，也有很多人會對它產生深厚的感情，現代人的價值觀並非僅看重品牌或技術高低。不過，史郎希望讓顧客體會到細心挑選文具的樂趣，也進了幾種特別講究的鋼筆，像是兼具高級感和優質書寫體驗的萬寶龍，或徹底削減多餘部分、追求極致機能美的凌美。

凌美這家製筆商據點設在德國海德堡，代表性商品LAMY safari是史郎也很喜愛的鋼筆。筆身設計多是單色，風格簡樸，力求不增添裝飾，而特色則是色彩選擇豐富，樹脂製筆身輕又堅固和鐵絲型的筆夾。由於設計風格很適合搭配休閒服飾，顯得平易近人，也很受首購族歡迎。順帶一提，這幾年百樂出的Kakuno鋼筆系列，價格比safari還便宜，再加上走休閒設計風，輕鬆無負擔的形象吸引了許多人，銷售表現十分亮眼。

史郎特別愛用的是只有老牌文具店伊東屋才有販售的safari。這款鋼筆的霧灰筆桿採用了霧面處理，握起來的手感非常舒適，筆夾則完美展現了銅這種材質的自然色澤，寫字時能感受到從黑色筆尖傳來的穩定流暢感——每一項細節加總起來，營造出一股穩重成熟的氛圍。

史郎接下來還得去向合作的文具廠商打聲招呼，告知文具店已由下一代接手經營。而且還要討論今後的商品進貨事宜，製作宣傳單等，待辦事項多到數不清。

就這樣，在夏季熱浪達到頂峰的七月下旬，榎本文具店睽違四個月終於重新開始營業。

多虧了同樣在伏見大手筋商店街開店的鄰居支持，文具店的第一週門庭若市，有些人只是湊熱鬧，更多人是上門買東西，小朋友也多得很。甜品咖啡廳NANASE家的小學生女兒七瀨瑞穗也帶著幾個朋友過來了。

史郎前陣子幫以前跟著奶奶學寫字的瑞穗介紹了新的習字班。這次問她情況，她說現在在那裡和朋友一起練習寫字很開心。

後來，這股熱潮也稍微消退時，史郎看見一位女子站在店門前。那位女子看起來年紀落在五十五到六十歲之間，氣質沉穩，身材苗條，穿著咖啡色的夏季洋裝，撐著一把同色調的米色陽傘。

她似乎正從玻璃門外小心翼翼地觀察店內情況。

待在店內有空調吹送冷氣的史郎，走近門口打開拉門，主動和對方搭話。

「外頭很熱吧。如果妳不嫌棄，歡迎進來看看。」

她輕輕點頭致意，儀態高雅地收好傘，跟在史郎後頭走進店裡。

那種令人不經意聯想到良好教養的舉止，令史郎一瞬間閃過一個念頭——「她應該是有錢人家的貴婦太太吧？」但她的下一句話就改變了史郎的想法。

「我正在營運一間餐廳，想找餐廳裡要用的白板。你店裡有賣嗎？」

白板的話，店裡有進好幾種款式。

「有。不過，妳要用來做什麼呢？」

「我要用來寫每天的本日菜單，一天只會有兩、三種料理。」

這時，她突然展露笑容。

「其實，我們是一家兒童餐廳。不在有屋頂的商店街上……在御香宮神社後面，名字叫作『芽高之家』，你有聽過嗎？」

史郎知道那間餐廳。

這一區街景跟他十三年前搬去東京時已大相逕庭，所以搬回來之後，他常趁空檔去附近走走，發掘以前沒有的新店家，可說是最近的小樂趣。還記得在御香宮神社後面看到芽高之家時很感興趣，但一發現那是一家兒童餐廳，應該不適合成人獨自進去，便沒有踏進店裡。

史郎這樣說後，她稍感歉意地解釋道：

「如同你猜想的那樣，我們店是專門為出於各種因素沒辦法吃飽飯的小朋友，以一餐兩百日圓的價格提供餐點——就不方便讓一般顧客上門。」

「妳太客氣了，我由衷敬佩。」

她剛才自我介紹時不是說「我正在經營一間餐廳」，而是說「正在營運一間餐廳」，此刻史郎終於明白那句話中的含意。

「所以，我一直希望能打造出一間讓孩子們能安心、愉快用餐的店，我打算把白板放在畫架上擺到餐廳門口，讓人更一目了然。」

她解釋，目前經年使用的小黑板是掛在店裡的牆壁上，但那給人一種陰暗的印象，又不容易看清楚，才決定購買白板。

「如果是要放在畫架上，雙手可以輕鬆拿取的大小應該比較好。」

史郎從結帳櫃檯後面的架子上取出兩種白板的樣品，排在櫃檯上。一種是有簡素銀框的白板，另一種是邊緣是木框的白板，兩者的大小都是寬四十七公分、高三十二公分。

「這兩種都附黑、紅、綠三色白板筆跟板擦，如果是要給小朋友看的，我推薦這個木框白板。這種咖啡色的天然木紋，可以營造出一種自然溫馨的感覺。」

史郎指向白板的木框說明。

「真的耶。經你這樣一說，就覺得這看起來的感覺跟另一塊白板完全不同……好像能讓人安心呢。」

「另外，這個木框白板還有附磁鐵，如果用磁鐵在寫好的菜色旁貼上餐點的插圖之類的，也能讓小朋友更容易看懂。」

史郎把裝著幾個同樣是木製磁鐵的塑膠袋，放在櫃檯上的商品旁給她看。

「很棒耶。我要買這個木框的。謝謝你。」

或許是腦海中浮現出孩子們高興的笑臉吧，她看起來很開心。

史郎另外拿出一個用塑膠袋包好、販售用的同款商品，裝進手提袋。

但她結完帳後，似乎刻意逗留在店裡，顯得有些侷促不安。

——她是有什麼事想問嗎？

史郎正如此猜想時，她又發問了。

「……那個，突然問這種問題可能不太禮貌，不過，榎本先生，我聽說你以前在東京的老字號文具店文林堂當採購，對吧？不知舊款鋼筆你熟不熟悉呢？」

她想必是在商店街聽說過，很清楚史郎的經歷。

看來她果然是有什麼事，史郎察覺到這點後，便請她到店裡頭的待客處。

「方便的話，請過來這裡。」

她介紹自己名叫宮園友里惠。

五年前老公生病過世，但靠他留下來的財產和遺族年金，生活並不成問題，兩人的孩子也已大學畢業出社會了，所以她就投入地區性的志工活動。

後來，兩年前，她召集幾位在那些志工活動裡認識的夥伴跟義務幫忙的人，開始了這間兒童餐廳──芽高之家。

「其實現在餐廳經營陷入困境，說不定最後只能關門大吉了。」

友里惠啜飲著史郎端上來的冰涼麥茶，嘆了口氣。

芽高之家開幕時很成功，孩子們很快就和工作人員混熟了，開始經常過來。他們的父母也很感激。

因為是非營利團體，她們是透過商請在地農家分享食材，向企業募集捐款或由企業定期贊助的方式來維持營運。

三個月前，從餐廳開幕當時就很支持她們、一直持續捐款的某家服飾製造商受經濟不景氣的影響倒閉，捐款也就斷了。

當然，還有其他企業或個人伸出援手，但那都只是一時的捐款，一直找不到可以長期提供贊助的單位。

友里惠和幾位夥伴透過人脈去拜訪多家企業，但結果都不如人意。

在這種存亡關頭，友里惠想抓住任何可能的機會，便去拜訪了先夫宮園雅彥交情很好的朋友，也就是現正經營「京樂株式會社」的長峰賢人。

「那間『京樂』的社長嗎？」

京樂，是總公司設在京都市內的優良ＩＴ企業，在日本全國有很高的知名度，也有傳聞最近會上市。在東京和名古屋也有分公司，不過聽說經營高層的方針是不繼續擴大公司規模，雖是中型企業，但營業額一直穩定攀升。

長峰社長認真聽完友里惠的話。然而，他一開口就先說了句「我是很想幫忙，不過——」然後鄭重地回絕。

「我們公司經常接到各界希望捐款的請求，但公司方針是一律拒絕。」

他看起來是很受友里惠她們想幫助吃不飽孩子的努力打動，但長峰身為一家競爭激烈的ＩＴ企業經營者，也有他自己的立場必須考慮。友里惠這樣想，並沒有再繼續拜託他。

後來兩人開始閒聊，長峰似乎是久違懷念起曾是好友的雅彥，還從胸前口袋掏出自己喜愛的鋼筆，說是以前雅彥送的，給雅彥的妻子友里惠看。

「這枝鋼筆好漂亮。」

友里惠出聲讚嘆，這並不是在說客套話。

那枝鋼筆的筆身，從稍粗底部到筆尖——筆蓋則是從頂部到筆身部分——顏色從黑紅色過渡到鮮豔的緋紅色，最後漸漸轉變成金黃色，那種色彩漸層宛如黎明時分不停變換的天空色彩。

「雅彥送我這枝筆，已經是二十三年前的事了。」

長峰像在回想自己年輕時的好友。

「妳曾聽雅彥提起過這枝筆的事嗎？」

聽長峰這樣說，友里惠才想起來，二十三年前兩人已經結婚住在一起了。但友里惠完全沒有印象。

她這樣回答後，長峰皺緊眉頭困惑地說：

「這樣啊。果然連妳也不曉得。」

「其實，最近，我一直在想這枝鋼筆的事。」

二十三年前的某一天，兩人下班後互相邀約去喝酒。

「不嫌棄的話，就用用看這個吧。」

雅彥以和平時一樣毫無負擔的輕鬆神態，交給長峰一個裝著鋼筆的精美盒子。

當場打開盒子的長峰，高高興興地收下了。

「喔喔，這枝鋼筆也太帥了吧。」

當時長峰對於文具是徹頭徹尾的外行人，從來沒仔細想過那枝鋼筆的價值。至於雅彥，他本人隨身攜帶的是到處都有在賣、價格親民的百樂鋼筆。再加上他與平時無異的輕鬆態度——看他那個樣子，長峰下意識認為「就只是那種程度的筆」。

沒想到就在前幾天，他正用電腦逛網路拍賣時，剛好看見未使用過的舊款鋼筆正在競標。那枝筆和二十三年前雅彥送自己的鋼筆，完全一模一樣。

長峰不禁懷疑自己的眼睛。因為那枝鋼筆的標價是十三萬五千日圓。而且才一轉眼的工夫，就被人用那樣的高價買走了。

他大吃一驚，開始搜尋二十三年前那枝鋼筆原本賣多少錢。結果是十萬日圓。現在之所以漲價，應該是因為筆尖和筆身的一部分使用到的金——正確來說是18K金——最近價格飛漲。

當時，雅彥一句都沒提過這是一枝具有價值的特殊鋼筆。他那時候為什麼不說呢？

雅彥對物品並不執著，對文具看起來也沒半點興趣，卻買下一枝價格不斐的鋼筆送給自己，這實在是很奇怪。

然而事到如今，也沒辦法問他了。

長峰向友里惠提議：

「既然我無意間收了這份昂貴禮物，如果妳可以幫我調查這件事，那麼，定期贊助兒童餐廳的事，我也會來想看看有沒有什麼辦法。」

友里惠語帶疑惑，敘述完整件事。

「就像我剛才說的，先夫送長峰鋼筆那時，我們已經結婚，小孩也出生了。他是那種每個月薪水全數交給我，讓我來管帳的丈夫，但我完全不記得他有買過那麼貴的東西。他買給長峰那枝鋼筆的十萬日圓，大概是從他自己的私房錢挪出來的。」

從友里惠的話中聽起來，雅彥應該是一位很為家人著想、性格沉穩的人，但他瞞著妻子偷偷送長峰社長昂貴鋼筆，是有什麼特殊原因嗎？

史郎再進一步確認問道：

「不好意思，請問尊夫生前會偶爾衝動購買高價商品嗎？」

如同所料，友里惠果斷搖頭。

「不會，從來沒發生過這種事。他是個穩重謹慎的人。只要是會影響到家計的大筆支出，他一定都會先跟我商量。」

「妳剛才說到薪水，請問他是做什麼工作的？」

「他是公立國中的教師。」

雅彥在大學畢業後，去京都市內的國中擔任社會科教師，其後就一直堅守教職。

他不是那種會積極領導學生的亮眼類型，但或許是因為他總會真心聆聽學生的煩惱，所以學生們在畢業後也經常寫信給他。

他年輕時頻頻調職，但三十歲後去的那間學校，他待了將近二十五年，還擔任新聞社的指導老師，賣力帶領社團活動。

「對了，新聞社有做過畢業生採訪企畫，去拜訪出社會後在各界發揮所長的校友們，並把訪談內容整理成一篇篇文章連載。出刊的報紙其中有些曾在近畿地區的報紙大賽中獲獎喔。」

友里惠一臉懷念地說起對先夫的回憶。

「那很厲害耶。不過，既然他個性那麼認真，就更讓人覺得他會送長峰社長鋼筆，肯定是有什麼明確的理由，才會特地去買。」

友里惠也點頭。

「他到底是在想什麼呢？」

史郎開始滑手上的平板。剛才聽友里惠描述那枝鋼筆的特徵時，他就大致猜到是哪家廠牌了。

「長峰社長給妳看的，是這枝鋼筆嗎？」

史郎把平板裡的照片拿給她看。

友里惠雙眼發亮，點頭回答道：「沒錯。應該就是這枝鋼筆。」

那是距今二十三年前——西元二〇〇〇年發售的英國老字號鋼筆廠牌Premium公司的限量款。

「到現在依然每年發表新作的熱門系列『Legend of King』初期的作品，取名為『Golden Dawn』（金黃色的黎明）。不光外觀優美，偏粗的筆身握起來非常舒適，書寫手感也十分滑順流暢。」

特別是Golden Dawn的筆尖，厲害之處在於它採用了稱為「長刀研」的特殊技術，前端研磨成陡峭的斜面，筆尖中段則研磨得較為平緩。這種特殊設計可以讓使用者在書寫文字時，橫線會比較粗，縱線會比較細。特色是在縱向書寫時，可以完美呈現出頓筆、提筆、撇捺等細節。

「對於一個重視手寫的人來說，這枝鋼筆可以說能讓手寫文字的溫度及美感發揮至極限。」

順帶一提，二十三年前還同時發售了另一枝跟「Golden Dawn」成對的「Twilight Purple」（紫色的黃昏），設計同款不同色的鋼筆——漸層的筆身從咖啡色變成紫色，又逐漸變化成白金色，聽說這兩枝在當年都是令鋼筆迷垂涎三尺的珍品。

「果然是價值不斐的東西啊。」

友里惠的語氣中摻雜著不安。她大概是感覺自己忽然看見老公陌生的一面吧。

對了，現在，萬寶龍或蒂芬妮這些高端品牌也有出二十萬日圓以上的鋼筆。當時的匯率是一美元對一百一十日圓左右，和現在相比日圓相對強勢，這樣一想，就表示那枝筆跟這些高端品有同等程度的價值。應該是因為它是由師傅一枝一枝手工製作、品質精良吧！

史郎思考片刻，又進一步確認提問道：

「尊夫送長峰社長的那枝鋼筆，不是生日或祝賀結婚這類特殊場合的禮物吧？」

「對。長峰社長說，當時完全沒有這些場合，所以他才沒意識到自己收下的禮物有這麼隆重又昂貴。」

「不過，以文具來說十萬日圓算是一筆大錢。尊夫對Golden Dawn的材質或色彩或許有什麼特殊回憶——妳剛提到他和長峰社長是多年好友，那麼，有關像是他們變熟的契機、兩人間特殊的回憶，這類事妳曾聽說過嗎？」

友里惠開始搜尋記憶。

「……這樣說起來，長峰跟先夫是同一間大學的，他們是在登山社熟起來的。」

——長峰他啊，是我的救命恩人。但那件事對於登山經驗豐富的他來說，或許只是件微不足道的小事。

友里惠說，雅彥曾有一次提起當年的往事。

那是大學三年級的夏天，他參加登山社的活動，去爬北阿爾卑斯穗高連峰時發生的事。

一群人出發時計畫好要去三天兩夜，但第二天下午在攀登涸澤岳時，雅彥不慎從險峻山壁滑落，腳踝骨折。

大家一邊照顧雅彥，一邊往那天預計要過夜的穗高岳山莊前進，但他的腳踝傷勢急遽惡化，沒多久就變得連走路都很艱難。要帶著雅彥和所有人一起到山莊，成了不可能的事。

而且早上天氣晴朗，此刻卻天氣驟變，吹起夾帶小雨的風，且風勢愈來愈強。明明是夏天，卻甚至感受到絲絲寒意。

當時手機還不普遍，要聯繫山岳救助隊申請救援，只能去山莊或山屋用那裡裝設的電話。

眾人討論後，決定讓一個人陪著做過緊急措施的雅彥留在原地，其他人則前往山莊，從那邊申請救援。

當時自願留下來的人就是長峰。他受到熱愛登山的雙親影響，從小就經常上山，高中時就已經登頂過相當險峻的高山了。

兩人在原地左等右等，都沒見到救援隊的影子。天氣愈來愈惡劣，終於，連太陽也下山了。

後來他們才知道，社員們順利抵達山莊，但打電話聯繫時山岳救助隊卻表示：「現在山路上風勢太強會危險，預計要明天才能過去救人。」

當時他們為了以防萬一，也有準備露宿野外的裝備。兩人就在帳棚裡過了一夜。

雅彥心裡很不安，更多的是抱歉。社員們一直很期待來攀登穗高連峰，結果現在卻因為自己骨折必須中斷行程。

四周已陷入一片黑暗，帳棚被強風吹得左搖右晃，有時又遭猛烈雨勢擊打。

——萬一在救助隊趕來前我們就連人帶帳棚被吹飛，那就連累長峰了。

或許是不安和沮喪全都表露在臉上了吧。

「你不要擺一張苦瓜臉啦，雅彥。」

長峰對自己說話時的表情開朗到不合時宜。也說不定，他只是刻意表現出輕鬆態度。

「在山上，這種事是家常便飯。受傷是要比較小心，但只要不硬撐就沒問題。明天早上救助隊就會來了。」

「可是，大家一直那麼期待這一趟……」

「以後再來就好啦。下次去挑戰槍之岳吧。」

後來，在惡劣天氣中，長峰也始終不曾抱怨，不曾說喪氣話，一直鼓勵雅彥。

幸好情況並未加劇，隔天早上的天氣也如長峰所言回穩了，兩人一起獲救。

——所以我決定，如果有一天他遇上困難，我一定要幫助他。

雅彥曾這麼說。

「原來如此。」

史郎頗感興趣地點頭。

「說不定尊夫送鋼筆的時候，長峰社長有遇到什麼特殊情況？譬如說正因為什麼事在煩惱，或者在工作上必須做出重大決定等。」

友里惠疑惑地偏過頭，表示會再問問看長峰先生。

「還有，不好意思，我希望親自看一次那枝鋼筆。」

「我知道了。這件事我也會一起問。長峰先生好像很想弄明白此事，我想他應該會願意給我們看。」

友里惠說完後，就回去了。

四天後，友里惠打電話來。她說，她把史郎提出的問題告訴長峰社長後，他想起在雅彥送他Golden Dawn那陣子自己掛心的幾件事，並詳細告訴友里惠。

長峰是這麼說的。

大學畢業出社會後，他和雅彥也不時會相約喝酒吃飯。

畢業後，雅彥去京都市內國中當教師，長峰則心懷創業目標，先進了一家東京的ＩＴ企業當系統工程師。

三十五歲時，長峰因為新系統的開發策略與上司起衝突，順勢離職，在京都創立新公司「京樂」一償夙願。當時，幾位身為技術人員的同事也贊同他的想法，跟著他一起走了。那是距今二十六年前的事。

他和幾位夥伴一起全心投入工作，在接下來的兩年內順利拉高業績。然而，到了第三年——也就是二十三年前——長峰遇上了從未料想過的危機。一起創立公司的夥伴兼技術人員，有一半以上突然要集體離職。簡直是晴天霹靂。

至於離職的原因，他們當時全都含糊其詞，但後來發現，原來是當時在技術上與京樂彼此競爭的大企業私下接觸他們，並開出優渥薪水挖角。也因此，公司原本正在開發、被列為最高機密的新系統，相關資訊也流到那間企業的手上，對公司造成雙重打擊。

如果是現在，這種情況當然會先簽約，要求他們不能將在原公司獲知的機密資訊外流給新公司。但京樂當時只是一家小型新創公司，而且長峰和留下來的員工都深受打擊，根本無暇顧及這件事。

「先不論技術水準如何，我們在危機管理層面上反應確實慢對方公司一步。當時連律師都沒聘雇，也沒辦法找專業人士諮詢。我真的是很嘔。」

長峰這般敘述當時的處境和心情。

不過對長峰來說，打擊最大的還是遭信賴的夥伴背叛。

沒想到禍不單行，在私生活中他又因為與第一任妻子漸行漸遠，走向離婚。公司經營陷入困境，夜裡也睡不著覺，每天精神都很萎靡。

就在這種最糟糕的時間點，他看到京都市隔壁的N市市公所的一項招標資訊。

當時幾乎所有公家單位都在加速推動官方資訊管理的數位化。

招標單位是N市市公所的健康推廣課。他們希望打造一個系統，把加入國民健康保險的普通市民定期就醫的健康診斷結果從紙本紀錄全轉成數位資料，未來也將長期使用。

長峰讀完競標公告後，認為這個案子很值得一試。如果被選中，不光是建置系統而已，後續的維護及檢查也會交由同一間公司負責。對公司而言會是一個長期而穩定的專案，說不定能藉這次機會重振業績。

更何況，N市市公所計畫從這次健康推廣課的資訊管理數位化開始，推動其他部門依序進行資料轉移。換句話說，只要能拿下這項工作，就很有機會接到其他部門的委託。畢竟各部門都使用同一套系統有個好處——可因應需求讓不同部門以高效率連動。

只是，長峰雖然對自家公司的技術實力深具信心，但他經歷過太多次失敗，一開始就認定希望渺茫。他之前也曾參加過幾次政府機關的競標，每次被選上的總是擁有長年穩定成績的競爭對手。

他打電話給雅彥，罕見地傾吐洩氣話。面對在完全不同領域工作的好朋友，他可以放心坦白自己的真心話。

「我一直以來都拚命在努力，但真的到極限了。我覺得那個標案大概也沒希望吧！好不容易才創立這間公司，但也許是該放棄了。」

說著說著，眼淚就掉了下來。

雅彥沒有多說什麼，只是安靜聆聽。不過，長峰說到招標單位是N市市公所時，他像是來了興趣，還針對競標方式提出幾個問題。

「這是難得的機會，你不如就再試最後一次。」

最後，雅彥開口說了一句老生常談的鼓勵話語，便掛上電話。

長峰以為是自己實在太不爭氣，連雅彥都受不了了。但過了大約一個月後，雅彥傳訊息約他下班後見個面。

兩人碰面後，雅彥明顯一直盯著長峰總插在胸前口袋的那枝原子筆。

「你一直都用這枝筆，是因為喜歡嗎？」

「這種筆到處都有賣，馬上就能買到，又便宜。」

「既然要參加競標，就有機會和市公所的負責人直接談話吧。身為一個社會人士，保持儀容整潔是基本，最好連隨身物品都多用點心吧？」

長峰害怕再次失敗，至今依然躊躇不前，但雅彥似乎認為他已經決定要參加投標了。

長峰含糊其辭，雅彥側眼看著，從公事包裡拿出一個簡單包裝過的小巧禮物盒。打開來一看，是一枝美到會立刻引人矚目的鋼筆。

「這枝鋼筆，平時用也挺合適的，在正式場合也能給人留下好印象。你就當作轉換心情，這陣子帶在身上看看吧。」

那枝筆就是Golden Dawn。

實際使用那枝筆後，華美外觀無需多說，滑順的書寫手感，以及粗線字跡的溫潤感，在在都深得長峰喜愛。不知為何心情也變輕鬆了，他開始隨身攜帶。

然後，他投標了。

招標公告上有說明，通過書面審查的幾間公司需要去做簡報。

照自家公司的技術實力，長峰有自信通過書面審查。

各公司針對政府機關管理系統的資料轉移所規畫的系統，也就是軟體本身，並不會有太大差異。一個資歷尚淺的新創公司如果想殺出重圍，關鍵多半在於能否在市公所開出的偏低預算內完成工作，還有業者可以提出多少符合市公所需求——或是超出預期——的附加功能。

市公所為了獲得最好的成果，除了請業者提交書面資料，還要現場做簡報，讓大家可以直接交流意見。

長峰充分聆聽員工的想法，用心準備。

然後，如同他預料的，提交資料後過了半個多月，N市市公所發來了簡報邀請。

簡報分成兩次，分別安排在不同天進行。第一次的重點是預算問題，也就是要看資料管理數位化的成本可以精簡到什麼程度。第二次要請各家投標企業介紹自家系統最核心的附加功能。

附加功能指的是網路連線服務或員工訓練這一類，換言之就是額外的服務。市公所事前也不知道每間業者會提出哪些附加功能，正因如此，想必他們拭目以待。

第一輪簡報當天，長峰和自公司草創期一路相隨的夥伴副社長一起前往N市，在市公所的會議室裡與負責人碰面。簡報似乎是由每間公司輪流單獨進行，此刻在負責人對面入座的，只有長峰和副社長。

長峰無從得知其他公司的動向，但既然來到這裡了，也只能相信自己和員工們一手打造的公司，專心簡報。

N市市公所的負責人是健康推廣課及標案契約課的兩位課長。

長峰當然很緊張，但他們從公司草創期便傾力增進公司內部系統的業務效率。兩人一邊展示歷經多次修改的資料，一邊介紹低成本的資料轉移業務內容。

簡報完成後，市公所的其中一位負責人，脖子上掛的名牌寫著「田邊」，隸屬於標案契約課的課長，開始說明第二次簡報的主旨。他說明完，又繼續接著講：

「本次招標後要採用的系統，不僅是要把紙本資料轉成電子資料，還有後續維護，時不時會需要維護改良，讓系統能一直沿用下去。希望貴公司記在心上，N市市民的個人及家庭健康管理今後就要仰賴這套系統了。」

那時，他的目光一瞬間投向長峰正在記摘要的手上，接著又如此作結。

「麻煩貴公司下次再過來針對附加功能做簡報。」

垂下的名牌寫著「守山」的健康推廣課課長也點頭。

——原來如此。我腦中淨想著要重振公司，但對於各位市民來說，這是攸關健康管理的重要問題。

比方說，一個人在健檢時發現有罹癌可能，萬一由於系統錯誤，他被判定成無異狀而導致延誤治療的話，就會造成無法挽回的結果。

——我們責任重大。

長峰重新調整自己的心態。

第二次簡報定在一週後。

長峰和副社長再次來到N市市公所，負責人依舊是上次那兩位。

副社長發完帶來的資料後，長峰開始說明自家公司獨家開發的附加功能。

「我們的想法是，全體市民的健康檢查結果轉成數位資料後，要平行做系統維護，並持續提供統計服務。另外，只要運用我們公司的技術，就可以用極高的效率來完成這項服務，讓顧客幾乎沒有負擔。」

「哦？那個統計服務具體來說是什麼？」

兩位負責人輪流看向手上的資料和長峰，探出上半身。

「首先，請看資料的第三頁。」

長峰這樣說，拿起一枝白板筆，在背後的白板寫下「資料抽樣」，並在下方畫線。

兩位負責人看了這個陌生的詞後，投射在長峰身上的目光又更專注了。

「我認為用紙本資料來管理各位市民的健康狀態，儘管可以知道每個人的健康情況，卻難以用俯瞰的視角來掌握N市全體市民有何種傾向。例如，成人病的罹患率按世代、性別來看會有什麼不同？跟幾年前相比又是如何變化？」

長峰在「資料抽樣」下面，又寫上「各世代」、「性別」、「各年齡區段」等抽樣條件。

「只要使用我們公司提供的軟體，就可以把至今累積的資料整理成圖表，以後每次做定期健檢時，還可以和更新的資料進行比較，分析出健康走勢，提供市民未來的健康養護建議。此外，只要請各位市民填寫問卷，回答食物偏好、運動量、睡眠時間等問題，再利用這個軟體整理資料，說不定可以獲得未知的有益發現。」

「原來如此。只要利用資料抽樣功能，就可以有效根據目標從各種資料中單獨挑選出想找的資訊，讓我們掌握住各種數據之間的關聯吧？」

看來在田邊課長的腦海裡，已經浮現出引進新系統後的各種可能用途了。

「問卷只要用很簡單的形式，附在健檢時的健康評估問題表上，各位市民要作答也很方便。我想要收集個人資料應該不是太困難。」

聽見健康推廣課守山課長的話，田邊也點頭。

簡報結束後，田邊出聲感謝長峰及副社長。

「辛苦兩位了。招標結果會在一週內以書面通知。這場簡報也讓我們受益良多。」

「謝謝。麻煩了。」

長峰和副社長站起身，深深一鞠躬，便走出去。

一週後，長峰接到得標的通知。

長峰、副社長和員工們開心地相互擊掌。

後來，N市市公所的數位資料轉移業務，以健康推廣課為開端，其他部門在隨後兩、三年也紛紛委託京樂，順利達成了不同部門間的通暢連動。

長峰社長認為，京樂是抓住這個機會重振業績，才能一路發展到今天這個規模。

友里惠說，長峰社長表示會在下次休假時帶著Golden Dawn來榎本文具店。

史郎聽完她的話想了一會兒，開口問：

「妳說過尊夫以前曾擔任新聞社的指導老師，是在哪間國中呢？」

「在山科區的京都市立洛東國中。」

「不好意思，我有幾件事情想查一下，可以麻煩妳幫忙嗎？」

史郎問過洛東國中的地址和聯繫方式後，便掛上電話。

每週二是榎本文具店的公休日。

隔天正好就是週二，史郎搭電車轉公車前往洛東國中。

那所國中位在稍高的小山丘上，史郎下公車後，一邊擦汗一邊爬坡。這陣子每天都是酷熱的大晴天。東京的夏天也很熱，但京都由於是盆地，更是熱得不得了。今年尤其熱得不尋常。

史郎想起以前在這種炎炎夏日，奶奶都會穿著涼爽的麻質和服，撐起一把陽傘出門。他也很想像奶奶和友里惠一樣撐陽傘，但又不好意思自己撐傘，只好忍耐著。

一走進校門，因為正值暑假，除了操場上時不時傳來學生正在進行社團活動的聲音外，校園裡連半個人影也沒有，安靜極了。

史郎去接待處告知來意，一位貌似職員的女子立刻來招呼他。

一位快滿五十歲的教師現身向他打招呼，帶他到新聞社的社團辦公室。

「你是已經過世的宮園老師的朋友嗎？」

這位老師流露出懷念之情，放鬆面部線條。看來他是宮園雅彥的同事。

「不是。我沒有直接見過他本人，但我目前正在老師遺孀的協助下，調查當時他們發行的校內刊物。」

史郎原以為對方會覺得可疑，結果他隨和地點了點頭。多半是因為友里惠事先聯繫過，告知有朋友想調查學校以前的校內刊物，詢問是否可以拜託幫忙介紹的緣故吧。友里惠說過，她因為雅彥的緣故，也認識現在負責指導新聞社的這位老師。

兩人走上階梯，來到拉門上掛有「新聞社」名牌的教室前。進去後，無人的社團辦公室維持得十分整潔。

「暑假裡學生有時還是會為了社團活動來學校，但今天休息。」

社團辦公室的正中央擺著一張大桌子和幾張沒靠背的樸素椅子，社辦角落的牆邊堆著幾個紙箱，裡面裝的似乎是從前發行過的報紙。

「五年前宮園老師過世時，當時的社員都失魂落魄的，但這個社團拿過獎，是有實際成績的，再加上各位家長的支持，才勉強撐了過來。」

「那真是太好了。」

教務主任從牆邊抱起其中一個紙箱，放到桌面上。

箱子上貼著一張寫有「H10——H20」的紙。

「這裡面，有你問的——是二十三年前嗎？——平成十二年，我們新聞社發行的舊報紙。」

史郎打開紙箱，裡面堆滿對折過後是A3尺寸的舊報紙。攤開來就是A2尺寸，比市面上販售的報紙小一圈。頁數也只有幾頁，但字體偏大，讀起來很輕鬆。

史郎先道謝，再從布滿灰塵的紙箱中取出報紙放到桌上，教務主任說了句「看完跟我說一聲」，便走出社辦。

史郎一份一份仔細閱讀平成十二年發行的那疊舊報紙。

事到如今，誰都不曉得雅彥的想法，只好把可能的資訊全找過一遍。

如同長峰之前回想的，二十三年前，雅彥的工作和好友長峰是兩個南轅北轍的領域。更何況他是待在國中這種隔絕在一般社會之外的特殊職場，從事教育工作。按常理推斷，他不太可能有具體的辦法能夠挽救陷入困境的長峰。

可是，儘管如此，雅彥應該仍採取了某種行動。透過那枝Golden Dawn。

當時，有可能連結他與社會，或者退一萬步來說，連結他與市公所的管道，會是什麼呢？與教師同事之間的交流，在家長會的人脈之類的——或者，校內刊物也不失為一種可能吧？由他擔任指導老師的新聞社，許多學生也會去一般企業採訪，校內刊物似乎也刊登了許多能讓學生們接觸到現實社會的文章。在那些文章中，說不定就有哪個題材給予了雅彥採取行動的靈感。這是史郎的推測。

不久後，他找到一篇附有彩色相片的文章，相片裡是一位男子。

發行日是二〇〇〇年（平成十二年）九月二十日。

到了週日，京樂的長峰社長跟著友里惠造訪榎本文具店。

長峰一如史郎的想像，是個精力充沛的人。

他的實際年齡應該超過六十歲，儘管頭髮略顯斑白，外表看起來卻比實際年紀年輕十歲。他朝店內陳列的文具投以興味盎然的目光，由此可窺見其旺盛的好奇心。

初次見面相互問候後，史郎請兩人移動到店裡頭的待客區。

「炎炎夏日中，歡迎兩位特地來訪。請用茶。」

史郎邊說邊朝玻璃茶杯注入冷泡茶。

「喔喔，這個好，謝謝。」

長峰顯得很高興。

把煎茶茶葉丟進冷水壺再倒入礦泉水，浸泡一整晚做出的冷泡茶。讓綠茶在低溫下慢慢釋放出茶香，就不會破壞美味，泡出溫潤又會回甘的風味。

「好喝。茶味很有深度。」

長峰說。

「真的。茶湯的綠也非常鮮明，色澤真美。」

友里惠也點頭稱讚。

喝完茶，長峰從襯衫胸前口袋掏出約定好的那枝鋼筆。

「這枝就是雅彥送我的 Golden Dawn。」

這樣說完，將鋼筆放到史郎遞出的小托盤上。

史郎戴上白手套，伸手拿起鋼筆，仔細觀察。他看見在筆身上刻著一組數字——「16/123」。

他向似乎不曉得數字含意的長峰說明：

「這是限量編號，是限量款鋼筆才有的，類似生產序號。」

換言之，意思就是，這枝 Golden Dawn 是英國 Premium 公司製造的一百二十三枝中的第十六枝。

「不過，一百二十三枝指的可是全球的總販售量。二十三年前，在日本國內販售的只有其中二十五枝。」

「只有二十五枝嗎……？」

兩人似乎都感到震撼，史郎看著他們開始往下說。

二十三年前，雅彥在得知長峰瀕臨絕境後，想必很希望助好友一臂之力。

而他聽長峰提起N市市公所的標案時，腦子靈光一閃。

那就是當時他擔任指導老師的新聞社所企畫的，由一票學生傾力產出的校內報導文章。那項企畫的名稱是「學長姊的現狀」，實地走訪現已出社會工作的畢業生的職場，採訪學長姊後寫稿刊登的專訪。

這項企畫發展成一個連續出現在數期校內刊物上的系列，每次都會刊出受訪者的相片。而引起雅彥注意的那一篇文章，就是正在N市市公所標案契約課大顯身手的田邊圭司課長的那篇專訪。

史郎前幾天去洛東國中實際查看那些校內刊物，在那裡意外發現雅彥和Golden Dawn最初的交集。

面對著市公所的桌子，手裡拿著令人眼睛一亮的雅緻鋼筆，面向相機露出微笑的田邊課長——他手中那枝鋼筆，正是Golden Dawn。

在訪談中，田邊課長談及手寫及文具的話題。

——我認為書寫這個行為，會顯露一個人的性格。換句話說，會用心寫字的人，應該也是一個重視與他人之間的連結、用心把人生過好的人吧……除了書寫，我對文具也很講究，會挑品質好的東西使用。我認為，對於筆這種傳遞話語的道具有所堅持，更能誠實傳達出自己的心意。一個講究文具的人，多半跟我擁有相同的價值觀，這會令我產生好感——我現在最喜愛的文具就是這枝Golden Dawn。

在校內刊物上也有介紹，現在向民間企業招標時，從招標到簽約的整個流程，市公所這方都會由標案契約課負責。

標案契約課主掌所有標案相關事宜，而負責該課的課長，平時都會參與長峰口中的簡報面試。這意味著校內報紙上刊登的這位田邊課長，就是這次標案中的關鍵人物，會親自聆聽長峰的簡報，並判斷他是否為交託N市市公所資料轉移業務的合適人選——雅彥身為新聞社的指導老師，當時應該已從這一系列訪談文章的內容掌握住這項資訊。

然後，他在看過訪談文後，為了要提高長峰競標成功的可能性，才決定把一線希望寄託在 Golden Dawn 上吧？

「田邊課長說得很清楚，他認為一個人如果對文具很講究、會用好東西，多半也會重視與他人的連結，所以他會對對方產生好感。而 Golden Dawn，就是課長講究文具的象徵。」

「你的意思是，因為這樣，雅彥才會為了幫我——為了讓我給田邊課長留下好印象，以便順利得標，自己跑去買了 Golden Dawn 送給我……？」

長峰或許是太過震驚，話音顫抖著，漸漸消散了。友里惠也睜大雙眼。

「當然，雅彥應該也很清楚，得標的判斷依據還是要看是否能提供高品質的技術與服務。但他多半相信你的公司在實力層面絕對沒問題。他的考量想必是，希望在這個基礎上，多多少少再幫長峰先生加點印象分數吧……後來的發展，大概就如同你自己的記憶了。」

長峰進行第二次簡報時——一方面他很緊張，根本沒有餘力去觀察到對方的鋼筆，不過——田邊課長在看見長峰隨身攜帶和自己同一枝鋼筆，而且似乎也很喜愛它時，想必驚訝極了吧。畢竟這可是日本全國只販售二十五枝的限量款，自己擁有其中一枝，而來競標的廠商負責人身上居然也出現了一枝。

「只是，田邊課長遇見和自己配戴同一枝鋼筆的長峰先生，是否真如訪談中所說的產生好感還是一個問號。這只是我個人的看法，也可能有其他解讀方式。」

史郎在此時，臉上浮現出惡作劇般的淘氣笑容。

「我明白的。」

長峰回應。

「當時的田邊課長才剛在雅彥負責的校內刊物採訪中侃侃而談自己對於文具的講究之處，他肯定記憶猶新。『一個人如果講究文具，就會用心寫字，甚至是具有高尚的品格。』他既然說了這種話，一定認為與自己用同一枝鋼筆的我，不可能是個難搞又敷衍隨便的男人吧……Golden Dawn我用很多年，也非常喜愛，現在我真的可以很肯定地說，我自己也希望用這枝鋼筆的人，無論面對他人或面對社會，都是真誠的。」

無論事實究竟為何，可以想見這枝Golden Dawn就是一個契機，使田邊課長注意到長峰，對他的簡報產生更多好奇，因而更專心也更認真地聆聽他說明。

果然，他再次確定對方提出的附加功能，不僅非常出色，也非常符合市公所的需求。

「可是，這也太不可思議了。」

友里惠似乎心有疑惑，側頭發問：

「那枝鋼筆是當時日本國內只販售二十五枝，數量稀少的熱門商品對吧？像田邊課長那種文具愛好者應該都會預先關注販售資訊，在開賣當天就立刻去銷售點的文具店購買。但雅彥買那枝鋼筆應該是在開賣很久以後了。一般來說早該賣光了吧……這種限量款商品，他是怎麼買到的？」

她說得有理，Golden Dawn是開賣當天就銷售一空也不足為奇的熱門商品。但在田邊課長買下鋼筆後，新聞社去採訪他寫出訪談文，然後長峰向雅彥坦承自己的煩惱，雅彥再次查看那篇文章，才心生一計買了同一枝鋼筆。那中間應該過了一個月左右。

這樣一想，等於是Golden Dawn拖了相當長一段時間都沒賣完，但那是完全不可能的。

「宮園太太，妳會懷疑也很合理。那個和銷售店家的某個特殊原因有關。」

史郎事先聯繫過當時進口Golden Dawn的代理商和銷售點，問清楚情況。

「難道是網路購物？」

長峰恍然大悟，拍了一下手，這麼說道。

「不愧是長峰先生。正是如此。」

當時，也就是距今二十三年前的二〇〇〇年——在這個時間點，社會大眾尚未完全習慣在網路上購物。Golden Dawn也幾乎都是在一般店面銷售，但由於進口代理商另有想法，二十五枝裡有幾枝試驗性地透過網路販賣。

「原來如此，這就有可能了。樂天市場開始做網路購物是在一九九七年五月，亞馬遜的日文官網是在二〇〇〇年十一月啟用的。不過，當時販售的商品和書籍都還很有限，這樣看來，那說不定是第一次有鋼筆放上網路銷售。」

「沒錯。只是他們說，當時考量到網路購物還不普遍，當店裡的配額賣光後，如果有客人來店裡希望購買鋼筆，他們也可以幫客人從網路下單訂購，讓客人來店裡拿。」

實際狀況聽說是，Golden Dawn不管在哪家店都是頭一、兩天就賣完了。雅彥去店裡詢問時，早已銷售一空了。

史郎的腦海裡浮現出當店員告知「這款賣光了」時，雅彥失望的身影。

在雅彥之前，八成還有無數個沒買到這枝鋼筆的顧客吧。但他們多半都在這個時間點心想「已經買不到了」，就放棄離開。對那個年代的一般人來說，網路銷售這個選項多半還不存在大腦中，更何況代理商的策略是網路銷售配額可以送到一般店面販售這件事，說不定連店員可能都不清楚。

「接下來這些是我個人的推論。我認為雅彥沒有就此放棄，他應該是繼續追問『有沒有其他辦法？』了。」

店員接收到他熱切的渴望，心想「說不定有機會」，確認過網路銷售那邊的情況後發現還有少量庫存，雅彥才得以透過店取的方式成功買到。

「原來是這樣啊。一般店面雖然馬上就賣光了，但由於沒幾個人知道有網路銷售配額，才會過了那麼久都還有庫存——也因為這樣，雅彥才能在開賣後過了那麼多天還買得到，對吧？」

她心中的疑惑似乎消融了，友里惠展露笑容。

「雅彥……」

長峰的眼睛透著霧氣。

「他居然能為了我做到這種地步……可是，雅彥為什麼從來沒告訴我這件事？」

「我想他當然是不希望你心裡有負擔。不過更重要的，雅彥大概是希望你能不帶額外的想法或顧慮，專心一意地去做簡報吧。」

「他就是這種人。自己不出風頭，總是托舉身邊的親友。對我和孩子們也是……」

友里惠憶起已離世的丈夫，也不禁伸手拭淚。

「二十三年前，我獲得的成功，全是他的功勞啊——我完全不曉得這件事，一直以為純粹是靠自己的力量走到今天。或許，我是有些傲慢了。」

長峰再次轉向友里惠，深深一鞠躬。

「宮園太太，謝謝妳。因為妳的幫忙，我才能得知這麼重要的事——當年的自己受到雅彥這麼大的幫助。」

「你太客氣了。長峰先生，能幫上你的忙，雅彥肯定也很高興。」

友里惠微笑。

「——關於長期贊助兒童餐廳的事，我考慮過了。我還是沒辦法違背公司的政策。」

友里惠坦然地點頭。

「我明白。那件事就不用——」

「不過，以我個人名義贊助，這倒是完全沒問題。請務必讓我想想該怎麼實行才好。我很想報答雅彥的恩情。」

長峰這麼說。

第三章

懷舊藍

「啊，水澤。是我。」

螢幕顯示的文字從「撥號中」變成「通話中」，榎本史郎就對著手機開口。

「你現在有空聊一下嗎？」

史郎原本打算若對方正在忙，就晚點再撥。

畢竟水澤現在是備受矚目的新銳插畫家，聽說案子源源不絕，忙得不可開交。

「當然有，史郎。我正想著要找你。」

水澤聽起來很高興地接著說：

「你要問鋼筆的事吧？謝啦。我三天前收到保價郵件了。其實你寄一般掛號就好啦。」

「有順利寄到就好。那是你很重視的東西嘛，水澤，我想說保險一點比較好。」

保價郵件附有賠償機制，是寄送貴重物品時常用的郵寄方式。在寄一般掛號郵件時加選就行了，雖然費用高一些，但運送過程仔細，還會確保親自交到收件人手上，令人放心。

水澤住的那棟公寓有設置宅配箱，如果收件人不在，除了生鮮食材以外的包裹通常會被放進裡面。水澤這麼忙，說不準他哪天臨時有事就出門去了，鋼筆又才剛修理好，萬一出什麼意外就傷腦筋了。

「不好意思讓你等這麼久。筆寫起來感覺怎麼樣？萬一比送修前還不好寫，我就過意不去了。」

「怎麼會。手感甚至比之前還滑順。我果然還是愛這枝SOUVERÄN M800，改用別的筆，我寫起字來就沒感覺。」

SOUVERÄN系列，是聞名全球的老牌文具商——百利金旗下的知名品牌。「SOUVERÄN」這個字在德語中是「卓越之物」的意思，而其中的M800，更是適合所有人使用的經典款鋼筆，在使用者之間擁有壓倒性高人氣。這款筆的筆身重量及筆桿粗細都經過精密計算，設計得極為平衡。使用者喜愛它無論握在筆桿中段或前端附近，長時間書寫都不會感到疲累的優點，是這個系列中具代表性的型號。

此外，採用18K金的筆尖軟硬適中，就連第一次用鋼筆的人也能體會到滑順又舒適的書寫經驗。許多喜愛它的粉絲都認為SOUVERÄN M800就是一枝「能用上一輩子的筆」。

綠條紋設計的款式最受歡迎，不過水澤那一枝SOUVERÄN M800是更顯優美且具現代感的藍條紋款。

「你搬回京都來，我很高興。那時候聽說你從東京跑回來接手奶奶的店，老實講，我一開始挺驚訝的——我們碰個面吧，也想當面向你道個謝。」

「不用客氣啦，道什麼謝啊。修理費和手續費你也都匯給我啦。」

「……其實我也有事想找你商量。如果可以，也找三島學姊和周一起來。」

「插畫研究社的大家嗎？好懷念喔。」

史郎這麼回應，注意到水澤的語氣透出幾分沉重。

他和水澤在高中時都是插畫研究社的成員，也是同班同學。在所有社員裡，他倆和同年級的日比野周、高一屆的社長三島玲子，四人感情特別要好。

社員總共有七個人，但其他三人還同時參加體育類社團，因此，社團活動的運作自然就主要由這四個人在維持。

只是，插畫研究社好不容易才達到成立社團的社員人數門檻，所以在同時跑兩個社團的三人都因為「那件事」相繼退出後，也就不得不面臨解散。

「水澤，你在煩惱什麼事嗎？」

水澤默然不語。

「你想找插畫研究社的大家商量，該不會，和那件事有關吧——」

害插畫研究社廢社的「那件事」，在社員間成了禁忌話題。史郎問出口是需要勇氣的。

「不是。」

水澤立刻否認。

「怎麼說……如果你要問我現在是否仍介意那件事，我的答案是沒有，不過，說不定算是有點關係。在電話裡不好說。」

「就算還放不下那件事，我認為也很正常。對當時只是高中生的我們來說，那太沉重了。」

在手機電子訊號的另一端，水澤出聲附和。

「是啊，特別是三島學姊，那件事說不定甚至改變了她的人生。」

「畢竟學姊的責任心和正義感都特別強。三島學姊後來會當警察，搞不好那件事就是起因。」

「我認為就是這樣。學姊一開始明明說想和我一樣找設計相關的工作，結果最後改考法律系，畢業後又進了警校。」

史郎遲疑了片刻，決定還是趁這個機會問清楚。

「水澤，你當時跟三島學姊在交往吧？高中畢業後，我一直覺得不好開口就沒問，你跟學姊後來到底是怎麼樣了？」

「我們並沒有鬧翻，只是兩個人選了截然不同的人生方向，自然就漸漸有了距離。現在就是普通朋友，偶爾還是會講電話。」

「這樣啊……」

關於這件事，史郎沒再多說什麼。

他重新調整好情緒。

「——我知道了，就約吧。還是你們三個一起來我店裡？都好久沒來了。我也想讓你們看看改裝後的新店面。」

「好耶。那我先去問學姊和周。好久沒全員到齊了，真叫人期待。」

這成了史郎與水澤最後一次對話。

水澤從自家公寓的陽臺墜落身亡，是在四天之後，十月二十日的事。

喪禮在他過世的兩天後——十月二十二日舉行。沒能參加前一晚守夜的史郎，當天早晨換上黑色喪服，在關好的店門貼上寫著「臨時公休」的致歉公告，離開家裡。

外頭正下著雨。十月也步入下旬，空氣中透著涼意。

水澤獨居的公寓位在東山區，靠近知名的八坂神社及祇園的熱鬧街區，史郎也曾造訪過那裡一次。

水澤的喪禮在他老家所在地西陣的生命禮儀會館舉行。西陣這個地名並不是行政區的名字，而是大家對於上京區到北區這一帶的稱呼。是西陣織發祥的地方，現在也依然是紡織業聚集地。

水澤曾提過他父親也是西陣織的師傅。史郎從高中時就想，水澤的藝術美感，特別是對於色彩的敏銳度，或許多少也是受此影響吧。

史郎踏出地鐵站後，在滂沱大雨中步行抵達會場。他在門口甩掉傘面上的水珠，把傘收好。會場中沉重而壓抑的空氣，加上突然痛失好友的打擊，交織出一股令人幾乎要陷入憂鬱的氣氛。

史郎走進大廳，由於他在儀式開始時間前略早抵達，到場人數還不多。

「榎本，你來啦。」

一位穿著黑色喪服的瘦削女子走近。

「三島學姊，好久不見。」

史郎打招呼。

高中時一頭黑長髮的三島玲子，現在剪成了俐落的鮑伯頭。

當時，愛慕她的高中小男生多到兩隻手都數不完，史郎也是其中之一。

「……學姊，妳還好嗎？」

史郎的聲音低了下來，玲子擠出笑容，點點頭。她胸前的珍珠項鍊在大廳的燈光下閃耀著光澤。

「我畢竟是京都府警的刑警。不先把分內的事完成，我也沒那個心情靜下來感受悲傷。」

她這麼回答，眼神裡卻流露出淡淡的憂傷。又有一人從三島學姊身後走出來。

那是戴著黑框眼鏡的日比野周。他選擇黑框眼鏡，想必是為了搭配喪服。史郎知道他平常都是戴更俐落有型的名牌眼鏡。

「對了，我有看到電視。在我回京都前，東京也是有播的。標題是『全國知名升學補習班之超級名師特輯』。超級名師耶，你很厲害嘛。」

周在京都市內首屈一指的升學補習班「明星講座」當老師。

前陣子，某家民營電視台前去採訪，聽說那段影片在日本全國播放後，想報名的學生急遽增加。

「沒啦。就只是他們碰巧在我值班時來採訪而已。當然，還有因為學生們熱情推薦囉。」

分不清他是在謙虛還是在自豪。即使懂得看場合說話，身上依然散發出「這點小事根本沒什麼」的自信神采，就是周的一貫調調。

「要是加上水澤，從前插畫研究社的四人組就全員到齊了。」

玲子嘆了口氣。

「是啊。原本說好今天要四個人聚一聚的……沒想到今天居然變成提議碰面的水澤喪禮日……如果情況不是這樣，史郎，我原本想好好聽你講轉換跑道的心路歷程。」

「水澤也是那樣說。」

四人一起碰個面這件事，周應該是由水澤直接聯繫的。前幾天才講過話的朋友忽然就離開了，這種隱隱作痛、失去了什麼的內心空蕩感受，他跟史郎應該是一樣的吧。

三人頓時陷入沉默。

回過神，大廳裡的人愈來愈多。這些人應該都和水澤有或深或淺的交集，其中也有幾張熟悉的面孔。是幾位高中同一屆的同學。

現場沒見過的人和明顯屬於不同世代的年長者也很多，他們應該是親屬或工作上的合作夥伴吧？

因為是喪禮，每個人身上都理所當然地穿著黑色的喪服，抹去了各自的風格，看不出原本的性格或職業。

彼此相識的人圍成小圈圈，低聲竊竊私語著。史郎從這個情況察覺出表面下的暗流洶湧。

水澤是自由插畫家，很受年輕世代歡迎，聽說他最近也開始繪製給小朋友看的繪本，插畫和故事皆博得好評。不難想像他身為一位插畫家，目前正是一帆風順的時期。

正因如此，面對他的忽然離世，今天前來的人似乎都難掩困惑。

——又不是小孩子，一個成年人正常過著日子，怎麼可能會突然從高樓層的公寓摔下來，沒道理吧。

——聽說他是插畫家？這行業競爭很激烈啊。他的壓力應該也不小……

最後，當「自殺」這個詞刺進耳朵時，周終於忍無可忍，「嘖」地咂舌。

「周……」

史郎伸手搭上好友的手臂使眼神。

「啊，不好意思。」

「墜樓身亡」這個詞，帶有這是一起意外的含意，但既然三島學姊和一票警察都採取行動了，就表示目前仍在搜查階段，尚未釐清這到底是意外、自殺，或者有命案的可能。

這時，一對年紀相仿的男女走近。

「周？旁邊這位是不是高中時讀A班的……」

其中那位女子客氣地主動搭話。

她的大波浪中長髮編成辮子在腦後盤起。要不是身穿喪服，她是一位氣質華貴，與那張和善娃娃臉非常相襯的親切女子。

「我是榎本史郎。妳是……姬川？水澤的童年玩伴？」

高中時經常和水澤結伴行動的姬川美奈子。水澤以前總說她是童年玩伴，但史郎當時就看出來了，姬川應該喜歡水澤。

「小姬，畢業後就沒見過了耶。」

周輕鬆地打招呼。他和美奈子當時應該是同班。順帶說明，史郎他們那所高中，三年都不會換班級。

「我現在從夫姓，改姓實相寺。別看我這樣，我可是一個小孩的媽了。」

她這樣說，舉起手機給周看待機畫面。

一個約莫四歲的小男孩，跨坐在大隻馬布偶上，臉上略帶羞怯地笑，注視著鏡頭。

「好可愛。」

「我都不曉得。恭喜妳。雖然今天場合好像不太對。」

周和史郎小聲祝賀。

美奈子也向玲子點頭致意，彼此笑了笑。

「我還是沒辦法相信，水澤竟然死了。」

和美奈子一道過來的男子主動開口。是史郎和水澤的同班同學——遠藤治樹。

「遠藤，你跟水澤也是童年玩伴，對吧？你倆跟小姬三個人當時超要好的。」

史郎記得幾年前的同學會見到他和水澤時，他說自己在京都的中監文藝出版社工作。

「我現在是約聘員工，不過只要再努力幾年，應該就能當上正式員工了。」

史郎還記得他當時這樣說。

幾人感受到周遭人聲變得嘈雜，一看過去，身著袈裟的僧人正踏進會場門口。

「好像要開始了。我們走吧。」

玲子的這句話，讓五人懷著肅穆的心情朝喪禮會場走去。

出殯結束，弔唁賓客在向遺族表達哀悼之意後，逐一離開會場。

三島玲子走近幾位還留在現場交談的賓客，告知自己是水澤高中社團的朋友，同時也是京都府警的刑警後，主動提出邀請。

「各位，如果你們待會有時間，要不要找家店坐坐，一起懷念一下水澤？我也想聽聽看水澤舊識的看法。」

那些弔唁賓客臉上流露出混雜著不安的好奇神色。

站在史郎旁邊的周，詢問美奈子和遠藤。

「我跟史郎要去，你們兩個呢？」

美奈子表情僵硬。

「這個意思是，學姊要以警察的身分問話嗎？水澤是被殺害的嗎？」

「我們是不希望這樣想，但按照學姊的說法，現在仍沒辦法否定自殺或他殺的可能。」

史郎回答。

「這樣啊，雖說是墜樓身亡，但警方還是必須釐清是否真的只是一場意外。」

遠藤這樣小聲嘀咕後，又說：

「我要去。」

「那我也去。我想知道水澤發生了什麼事。」

美奈子的眼神很認真，足以令人察覺她對水澤的心意或許並非只存在於過去。

四人和跟在三島身後的其他兩位弔唁賓客，一起進入距離會場走路大約十分鐘的咖啡廳。

那是一間有庭園的獨棟咖啡廳，三島似乎有事先訂好位，七人立刻被帶到二樓包廂。

史郎等人從未見過的那對男女弔唁賓客，似乎與水澤有工作上的往來。

眾人點的咖啡和紅茶上桌，大家暫時喘口氣後，三島便向初次見面的兩人介紹起史郎他們。

「其實，我們跟過世的水澤高中同校。他是我在插畫研究社的學弟。」

三島先說完，史郎跟周也一一自我介紹。

「我叫鷹野浩市。」

不久後，一位初次見面、年齡乍看落在五十五歲左右的男子，禮數周到地向每個人都遞出名片。

「水澤自立門戶前，是在我的設計工作室工作。他離職轉自由接案大概是在五年前，不過他現在偶爾也會跟我聯絡……我認為他是個人才，未來還有大好發展，太可惜了。」

鷹野嘆了口氣。

「我在一間名叫『楠出版』的出版社工作，名字是香月綠。」

另外一位首次會面、年紀約二十幾歲的嬌小女子這麼介紹自己。

楠出版，主要是在出版繪本和兒童文學這類給孩子們看的書籍，公司位在京都市內。

「香月是水澤最近出版的那本繪本的責任編輯喔。」

遠藤補充說明。

「什麼啊，遠藤，你原本就認識香月小姐？」

周一臉詫異地眨眼。

「對，我跟遠藤先生雖然在不同出版社，但公司都在京都，有時會在大獎的頒獎典禮上遇到——我們也曾和水澤老師一起去喝酒。」

香月垂下目光地說道。

「……怎麼會發生這種事？」

史郎注意到她眼睛下方淺淺的黑眼圈。神色顯得相當憔悴。

聽說水澤的繪本大受好評，出版不到一個月就再版了。她心裡悲傷自是不必說，而作為責任編輯，失去這樣一位前途光明的作家，無疑也是一大打擊吧。

「香月小姐，謝謝妳今天過來。」

三島似乎也認識她。她向香月道謝後，又重新轉向所有人。

「水澤的事，真的很遺憾。警方目前還在調查，我個人認為有可能是自殺。」

現場頓時安靜了，一道聲音打破短暫的沉默，是香月。

「……可是我覺得，水澤老師不是自殺的。」

「妳為什麼會這麼想？」

鷹野詢問。

「其實，我是第一發現者。」

香月承受著所有人的目光，清晰地說。

眾人紛紛驚呼出聲。

「香月小姐，現在還沒有斷定是自殺，而且這算是偵查資訊，不太適合……」

三島語調沉穩地出聲制止，香月側眼瞥向她，說道：

「不，三島刑警。」

香月輕輕搖頭。

「晚點在談話過程中，在場所有人應該也會知道的。」

「……我明白了。畢竟當時報警的人，也是香月小姐妳。」

兩人之所以認識，是因為三島已經針對發現遺體時的情況，對香月做過筆錄了吧。

史郎也啞口無言。那麼，她親眼看過水澤墜樓身亡後的遺體了？她肯定受到很大的衝擊。

「那妳應該嚇到了吧。」

鷹野語帶同理地說。

接著美奈子也開口了。

「那個——妳看到時一定很震驚，我還問妳這種問題真的很抱歉。可是我真的很想知道。水澤為什麼會死？香月小姐，既然妳親眼看過現場，那妳有沒有注意到什麼異狀？」

「美奈子。」

遠藤叫她的聲音中帶有幾分責備意味。

「可是……」

美奈子眼裡含著淚水。

「沒關係，我懂妳的心情。我也向三島刑警說過了，前幾天，我跟水澤老師約好要去拿最近出版的那部繪本原畫，所以才會過去。水澤老師都待在家裡工作，我平時就常過去拜訪。」

當時剛過晚上八點不久，但香月按門鈴都沒人應門，就試著轉動把手，沒想到門沒鎖。

水澤之前偶爾也會因為太投入工作沒聽見門鈴聲，所以香月脫完鞋，就邊說「打擾了」邊走進他工作的書房。

一進去，香月就驚愕地愣在原地。原本熟悉的書房，此時不管是木板地面或桌面，毛筆、筆等各種文具和紙張簡直像被亂扔過一般四處散亂。房間的主人不見蹤影，叫他也沒人回應。

香月才想到他說不定在客廳，就瞥見書房通往陽臺的玻璃門是敞開的，窗簾正隨風飄動。

香月心想「不會吧……」害怕地走到陽臺往下一看，一個人倒臥在公寓的中庭。

「我嚇到腦中一片空白……驚慌失措地報警叫救護車。但在警察來之前，我根本完全無法思考……所以我其實也不曉得水澤老師發生了什麼事。」

「這樣啊……」

美奈子洩氣垂下雙肩，香月以眼角餘光看著她，手抱住頭。

「當時那個畫面深深烙印在我腦海中——從那天起，我幾乎都沒辦法睡覺。」

史郎很同情她，卻想不出該說什麼才合適。

過了一會兒，香月似乎冷靜下來，表達出自己的看法。

「……抱歉。不過，書房亂成那樣，水澤老師很可能和誰打鬥過。我沒辦法接受自殺這種說法。」

「當然，關於那一點，散亂四處的畫具已全數扣押，目前正在檢驗，不過——照我的經驗來看，自殺前由於精神錯亂，失控破壞周遭物品的案例也不少。」

三島學姊以公事公辦的口吻說著，語氣中卻流露出一絲悲傷。

「我身為水澤的朋友，也不認為他是那種會自殺的人。所以，不管什麼事都好，如果各位最近有和他聯繫，請把知道的全告訴我。」

三島環視眾人，深深一鞠躬請求。

「我明白了。如果能幫上忙，我很樂意。」

出聲回應的是水澤以前的上司鷹野浩市。在他率先表態後，眾人也紛紛表示願意幫忙。

「謝謝。那我們就立刻開始。警方扣押了水澤的手機，各位的名字都有出現在通話紀錄上，所以——請大家各自描述一下最後一次和他通話時的情形。」

第一個回答的是周。

「我是在六天前，十月十六日，久違地接到水澤打來的電話。」

跟史郎和水澤談話是同一天。

「我們先分享了彼此的近況，然後約好插畫研究社的四個人最近要聚會。這件事，學姊和史郎也都知道。」

「他說得沒錯。其實我們本來就是約今天要碰面的。」

史郎補上一句。

「當時水澤說話的語氣很正常，完全想不到會發生這種事。」

「我是四天前的十月十八日晚上，大約七點左右和水澤通電話的。」

美奈子邊說邊舉起手。水澤墜樓身亡是在前天二十日的晚上，所以，美奈子是在兩天前和他交談的。

「大約一週前，水澤寄給我一本繪本，還附上一封信說：『抱歉最近太忙，這麼晚才給妳。我大概兩個月前出了繪本，拿給妳小孩看吧。』我記得，書名好像是《幽靈偵探團》。」

「是《妖怪偵探團》。」

出版社的責編香月出聲糾正。

「對、對。其實我小學就去學畫畫，也畫過一陣子插畫。當時水澤看了我的作品稱讚我『畫得不錯耶』，然後他也對插畫產生興趣，開始拿起畫筆。起初，我還教過他一些繪畫技巧喔。」

美奈子露出懷念的神色微笑。

「我想是因為有過這段回憶，水澤才會把他第一次畫的繪本送給我。我小孩也非常喜歡……所以我才打電話向他道謝，順便告訴他感想。」

「當時水澤的情況如何？」

聽見三島的問題，她如此說道：

「聽起來似乎不太有精神……他在跟我講話時，感覺心不在焉的。我想說他可能是工作太累，自己挑錯時機打電話了，所以當時沒有講很久我就趕快掛電話。」

美奈子咬了咬嘴唇。

「如果水澤是自殺——如果當時我可以聽他傾訴煩惱的話……」

她的語氣流露出一種都在死前講到話了，卻完全沒能幫上忙的遺憾及自責。

「美奈子，這不是妳的錯。我來解釋。」

打破那股壓抑的沉默的，是水澤和美奈子的童年玩伴——遠藤。

他說，水澤在出版童書後，開始對其他類創作也產生興趣，有時會聯繫他請教一些事。

「那一天，水澤打電話給我。他過世前一天下午約兩點左右。他說有事想找我商量，問最近能不能碰個面。我馬上就明白他想聊什麼。之前也聽他稍微提起過。其實，水澤——」

遠藤在這裡打住，和同在出版業的香月交換了一個眼神。香月輕輕點頭。她那個舉動看起來像是在說，這種時候告訴現場所有人事實也沒關係吧。

「其實，水澤被懷疑抄襲別人的畫，他很煩惱。我們約好週末要碰面，結果在當面談之前他就過世了。」

美奈子瞬間愣住，眾人也紛紛低聲議論起來。

——水澤當時說想找我們商量的，說不定就是這件事。

史郎如此猜想。

依照遠藤的說法，大約一個月前，社群媒體上有網友在傳，水澤出版的繪本《妖怪偵探團》最後一頁的插畫，與知名攝影師龜田丈太郎拍攝的相片極為相似，而且這消息轉眼間就擴散出去了。那張相片曾在大約半年前，於東京舉辦的攝影展中展出。

「水澤也有找我商量。我是他的責編，這是當然的。」
香月也附和遠藤的話。
「這件事我第一次聽見。」
三島皺眉。
她明顯表露出對於香月在做筆錄時沒提及此事的不悅。
「抱歉。我當時很慌亂，而且，我完全沒想到那件事會跟他墜樓身亡有關係。」
「妳這話的意思是？」
「意思就是，我不認為這件事有讓他煩惱到可能選擇自殺的地步——水澤處理此事時極為冷靜。連原本該全力協助的我，都覺得他非常可靠。」
「水澤被懷疑抄襲的是繪本的哪個部分呢？」
史郎提出疑問。
香月打開包包，取出看來是隨身攜帶的繪本《妖怪偵探團》，在眾人面前翻到最後一頁。
上頭的插畫，令人聯想到日照強烈的盛夏蔚藍晴空般的靛藍色夜空上，有無數顆金色星星閃爍其中，在這個背景前方，是幾位少年的剪影。仔細一瞧，那又深又濃的藍色天空本身就蘊含了微小的金色粒子，正閃閃發亮。

「另一方面，這是龜田攝影師的相片。」

香月接著拿出手機點了幾下，把貌似攝影展手冊的彩色相片展示給大家看。這張圖也是幾個人影出現在傍晚時群星閃耀的夜空前。只不過，那剪影令人想像的是長版異國民族衣裳，看起來應該是中東一帶的風景。

比對兩者後，構圖確實是很像。

「不過，在我看起來就只是碰巧相似而已。」

「是啊。這種構圖不是很常見嗎？」

盯著手機螢幕的周和史郎，異口同聲地說。

「水澤老師當然是很憤慨地強調，他沒有抄襲，這是他自己的原創。」

香月想找龜田丈太郎本人討論，而向攝影展的主辦單位詢問他的聯絡方式，打了好幾通電話也發了幾封電子郵件，卻完全聯繫不上他。

那段期間，在社群媒體上，抄襲事件被當成事實一樣傳得沸沸揚揚，水澤也因此承受了大量惡意中傷。煽動網友大力抨擊的，幾乎都是同一個帳號。

「龜田老師終於聯繫我，是在水澤過世的前兩天，十月十八日的早上。老師並沒有動怒，先前一直聯絡不到人是因為他去了國外，加上那陣子很忙碌的緣故。他說他原本就不太關注社群媒體，沒想到會引發這麼大一場騷動。」

香月先為局面演變成這樣向他道歉，再堅定表示，經網友這樣一說，感覺上確實是有相似之處，但創作者水澤本人發誓絕對沒有抄襲，水澤和出版社都為這場騷動深感困擾，雖然對龜田老師很抱歉，但希望雙方可以討論一下接下來該如何處理。

龜田事先看過水澤的繪本了，當時也回應：「我也不認為有抄襲。」

「老師主動提議要在社群媒體上清楚表明他的看法，也同意我們在出版社官網放上同樣的文字。我向老師道謝後就掛上電話。我想馬上告訴水澤老師這件事，隨即就撥電話給他。那就是我最後一次跟他通話，同樣是十月十八日的早上十點半左右。水澤老師應該是放下心中大石吧，他當時真的很高興。現在回想起來，他那時候說話的語氣跟之前不太一樣，聽起來有點疲憊——但我沒想到竟然會發生這種事。」

香月咬住下唇。

「明明龜田老師的聲明在網路上公開，網友抨擊的力道也減弱了……」

史郎在腦中整理時間順序。

記得美奈子也說在同一天——十月十八日的傍晚，打電話給水澤，那時他不太有精神。隔天十九日，遠藤接到水澤的電話時，他也說了「我有事想找你商量」這種暗示自己有煩惱的話。

不過，在那之前和水澤講到話的人，都認為他表現得開朗堅強。

這就意味著，從史郎和周與水澤講話的十月十六日起到十八日之間——也就是十七日前後，應該發生了什麼令水澤感到沮喪的事吧。

史郎陷入沉思，設計工作室的水澤前上司鷹野側眼看他，開口說：

「我也不認為水澤會抄襲別人的作品。他不是那種人。他在我公司時，就非常堅持要追求作品的原創性。而且他又具備無人能及的色彩敏銳度。」

這麼一說，史郎想到一件事。

「他高中在社團時也一樣喔。水澤特別偏愛日本傳統色彩，還認真研讀了各種色彩的名字，在自己的作品中大量採用傳統和色。」

聽了史郎的話，周也點頭附和說：

「沒錯。我記得我們在講『暗綠色』時，那傢伙都是講『鶯色』。」

「這樣說起來，水澤以前也曾在向客戶說明作品時，拿出傳統和色的色票對照。我認為他是希望透過把作品色彩與傳統和色名稱連結的方式，做出更細緻、意圖更明確的色彩呈現。」

鷹野微笑著這麼說完，又轉向三島。

「再來是電話的部分，其實大概十天前，我跟水澤碰巧在祇園偶遇。那是他辭職後我們第一次碰面，所以是相隔五年了。我們都在工作結束回去的路上，就直接去喝幾杯。我聽他講了很多辭職後發生的事——就說：『看起來你轉自由接案發展得很順不是嗎？』結果他苦笑著回：『沒那回事，說不定別辭職比較好。以前，在某種層面上，我是受到公司的羽翼保護。』當時我以為他這樣說是因為顧慮到我的感受，就沒有進一步追問，不過——現在回想起來，他心中說不定掛念著遭到中傷的事。我很後悔當時沒繼續追問他為什麼那麼說。」

「不好意思，我稍微有聽說過，貴公司在水澤辭職後似乎業績大幅下滑。他對公司來說果然是一名相當重要的戰力嗎？」

三島問道。

「當然。他辭職是公司的巨大損失。我們公司主要是在繪製社群網路遊戲和遊戲機遊戲的角色及背景插畫，合作夥伴裡有許多客戶都會說『希望請水澤繪製』，指名要他。從結果來看，那些人脈全跟著他走了──站在公司的立場，我是很希望水澤繼續上班的。」

鷹野臉上浮現苦笑。

「不過，自立門戶在這一行很常見──對了，他打電話給我是在碰面那天的兩天後，十四日。他打電話是來謝謝我，他說那天和我聊過之後，他想起從前，找回了初心，今後也會以自由插畫家的身分好好努力。」

鷹野最後沒忘記補充，業績下滑只有剛開始那陣子，現在已經又回升了。

「接下來，還沒說的是榎本，對吧？你──這樣呀，你也是和日比野在同一天，跟水澤聊到要四個人聚一聚的事嗎？」

「對啊。自然而然就聊到那了，不過我原本是有事找水澤才打電話的。但我想那件事跟案子應該沒什麼關聯。」

史郎露出稍感抱歉的神情。

「大概半年前，水澤請我幫他送修鋼筆。那枝鋼筆最近送回來了，我在十二日寄給他。所以十六日那天，我打電話去問他寫起來的手感如何？」

「水澤是把工作用的筆送修了嗎？」

聽見三島學姊的問題，史郎搖搖頭。

「不是，鋼筆原本就是拿來寫字的。水澤一直勤於親筆寫字，我想應該是用在寫信或寫記事本上。工作用的應該是其他枝才對。」

「我沒聽說過鋼筆要修理，而且還要花上半年？到底是送到哪裡去修理了？」

美奈子問道。

「德國。」

四周拋來難以理解的目光，史郎沒放在心上，繼續往下說明。

水澤特別愛用德國百利金出品的 SOUVERÄN M800 這款鋼筆，但半年前他不小心讓筆掉到木板地上，握位的金屬環裂開了。

那一枝是他心愛的筆，他哭喪著臉來問史郎有沒有辦法修理。史郎告訴他，只能寄回百利金總公司請他們更換金屬環，並與德國那邊聯繫，安排修理事宜。史郎也有先告知水澤，在付完修理費和手續費後，接下來就只能耐心等待筆送回來。水澤也表示可以接受。

史郎回想起當時水澤高興地說「寫起來超級滑順的」時的語氣。

「水澤原本就是與其買很多便宜貨，寧願買一、兩樣價格高但品質好，能用很久的物品的那種人。順帶說明，水澤的那枝SOUVERÄN M800，是極為講究的傳統活塞上墨式鋼筆。」

鋼筆大致可分為卡式、吸墨器式和活塞上墨式三種。

卡式只要將裝有墨水的墨水管直接插入鋼筆筆桿內，即可立刻開始書寫，攜帶也很方便。吸墨器式要在握位裝上吸墨器，再從墨水瓶中吸取墨水使用。活塞上墨式不需要另外裝吸墨器，只需將筆尖浸入墨水中，旋轉筆尾的吸墨旋鈕，就能直接將墨水吸入筆桿。在握位設有墨水視窗，方便確認筆內的墨水剩餘量。

對於鋼筆愛好者來說，親手為活塞上墨式的鋼筆注滿墨水，這一連串過程是至高無上的幸福時光。

「史郎，難怪他跟你合得來。從我眼中看來，他就只是個比愛好者更痴狂的文具控而已。」

周笑著調侃地說道。

「文具控可是很講究的喔。周，你要不要也像水澤一樣，擁有一枝自己的鋼筆呢？」

「所以咧，你是要叫我在你店裡買嗎？」

史郎沒理會周的吐嘈，轉而詢問水澤的責任編輯。

「香月小姐。有件事我有點在意，妳發現水澤時，有在書房裡看見他那枝SOUVERÄN M800嗎？」

那枝筆他總是隨身攜帶，現在是在哪裡呢？喪禮時史郎小心翼翼地問過他的家人，他們說書房裡的物品全交給警方了。

史郎掛心的是，水澤是帶著SOUVERÄN M800一起墜樓的嗎？還是把筆放在房間某處了呢？

聽說水澤那間公寓已經進入鑑識作業，所以與其問香月，其實應該是問三島更快。這一點史郎也明白，但三島學姊大概不會透露搜查情報。

「對不起。我，對鋼筆品牌不太熟悉……」

香月似乎有些為難，話說得遲疑。

「那枝鋼筆長這樣。」

史郎拿出自己手機滑了一會兒，把擁有優美藍條紋的SOUVERÄN M800的相片給她看。

香月一直盯著螢幕瞧，似乎在核對自己的記憶，接著肯定地說：

「如果是這枝鋼筆，就在他書房的桌上。旁邊還擺著墨水瓶跟白紙。」

「等一下。」

周對香月的話有了反應。

「桌上擺著鋼筆和墨水瓶，而且還有白紙——那不就是留下了遺書嗎？」

眾人紛紛輕聲驚呼。

「不，不是。」

香月慌張否定。

「紙是空白的。」

「那，墨水是哪種墨水？我想水澤因為工作的緣故，除了藍色和黑色以外，應該還有各種顏色的墨水，香月小姐，妳知道妳看見的那瓶墨水是什麼顏色或哪個廠牌的嗎？」

史郎問。

墨水瓶的瓶身上通常都會貼著印有顏色及廠牌名稱的標籤紙。說不定會有什麼線索。

不過，香月當時多半只是瞥一眼水澤的桌面，就像她自己說的，在發現遺體後，她驚慌失措，根本顧不到其他事，所以照理說她大概不會記得這種細節才對。史郎知道自己這樣問是有些強人所難了。

怎知她的反應竟出乎意料之外。

「桌上那瓶墨水是，能條化學工業的『懷舊藍』。」

看見香月稀鬆平常的態度，史郎驚愕出聲：

「妳好厲害。才看一眼，居然就記得那麼多資訊。」

「啊……不是的。因為那是用在繪本最後一頁插畫上的特殊色墨水，所以我記得。」

「原來如此。」

就算是這樣，看來她的記憶力似乎相當出色。

只不過，聽說這一類人，不愉快的記憶往往想忘也忘不了，那些場景時不時又鮮明浮現腦海，有造成二次傷害的風險在。實際上香月才剛說過，水澤遺體的畫面深深烙印在她腦海中，讓她飽受失眠之苦。

「謝謝妳，香月小姐。因為妳，我明白了一件很重要的事。」

史郎道謝後，香月愣住，似是不了解史郎的話中含意。

「水澤，原本是想用自己珍愛的鋼筆和有特殊回憶的墨水來寫什麼呢？該不會真的是遺書？」

美奈子神情悲傷地道出自己的猜測，而遠藤好似贊同般接著說：

「說不定他原本是打算寫遺書，結果心情混亂到連寫都寫不出來，才留下空白紙張衝動地跳下去。再說，房間也有被失控弄亂的痕跡。」

「不，不是那樣喔。」

史郎果斷地說。所有人的目光都集中到他身上。

「榎本，怎麼了？」

三島問。

「水澤不可能拿SOUVERÄN M800來用懷舊藍。香月小姐剛才描述的桌面狀況，明顯不自然。很可能是水澤以外的人故意布置成一副要寫遺書的樣子。」

大概是察覺到談話內容開始朝嚴重的方向轉彎，三島以外的所有人全都露出不安神情看著史郎。

「這是什麼意思？你怎麼知道這種事？」

「那瓶墨水──懷舊藍，跟普通的染料墨水不太一樣，一般稱為『閃粉墨水』。」

聽了周的發問，史郎開始說明。

閃粉墨水裡有加進細微顆粒，這些微粒只要照到光就會反射出銀色或金色璀璨光輝，拿來寫字或畫插畫，可以營造出華麗感。剛才香月說「特殊色墨水」，八成就是指「裡面有閃粉」的意思吧。

墨水主要分成非水溶性顏料墨水及水溶性染料墨水兩種，而染料墨水由於其性質，會用在鋼筆或插畫製作等方面。

至於懷舊藍，是在藍色調的染料墨水中加進金色微粒。那些顆粒通常都會沉澱在墨水瓶底部，使用時需要搖晃瓶身，先讓顆粒均勻混進墨水後才吸墨，但在鋼筆裡面當然也會沉澱。

活塞上墨式的鋼筆要換成另一種墨水時，必須先把裡面清洗乾淨。說是清洗其實也很簡單，只要把筆尖浸到杯子裡的清水就行了。鋼筆用的染料墨水會溶於水，所以墨水會溶解在水裡流出來。水因墨水變混濁後，再換上乾淨的水，一直重複這個動作直到沒有墨水溶出為止。通常，大概只要浸在水裡幾個小時到一個晚上就夠了。

不過，像懷舊藍這種閃粉墨水，就算清洗乾淨鋼筆裡還是會殘留閃粉，可能會和新吸入的墨水發生預想不到的化學反應而損害鋼筆內側，也可能閃粉本身損傷到細緻的筆尖。

「所以，不把這種墨水用在高級鋼筆上是一種常識。畢竟也有玻璃筆或毛筆這類可以放心使用的替代品。水澤對文具瞭若指掌，這種事他當然曉得才對。」

「原來如此。你的意思也就是說，他珍愛這枝鋼筆到甚至願意花上半年寄去德國送修，不可能用風險這麼高的墨水，對吧？」

周用中指推了推眼鏡框，說出超乎史郎預期的爆炸性發言。

「某個不熟悉墨水或鋼筆的人故意布置成這樣——說不定水澤就是被那傢伙殺害的。水澤因為某個理由和那傢伙發生爭執，雙方動起手來，因而喪命或昏過去。凶手見狀，想到要讓水澤看起來是自殺，就把他搬到陽臺丟下去。」

鷹野像要提醒周一般說：

「等一下。桌上的狀況確實是不自然，可是這也不足以成為水澤墜樓時，房間裡有其他人在場的證據吧？」

「鷹野先生說得對。更何況推測到水澤是被那個人殺害這個地步，這只能說是想像。」

三島也表示贊同。

兩人說得想必都沒錯。

可是，現在既然知道桌上的東西是水澤之外的某個人擺設的，那就一定是那個人故意把場面布置得看起來像水澤打算寫遺書的模樣。於是遠藤和美奈子的思考自然就被引導到那個方向上了。畢竟，除了殺人凶手，誰會有必要這樣故布疑陣？

史郎認為周的推理應該是說中了。只是還差足以支持這個說法的證據。

史郎轉向香月，問道：

「可以借我看一下嗎？」

他伸手指向剛才一直擺在桌上的繪本《妖怪偵探團》。

史郎接過書，再次翻開最後一頁。

「香月小姐，妳剛才說用了懷舊藍的是這個背景顏色——傍晚時天空的部分，對吧？」

史郎指向細微金色顆粒閃耀的深藍色天空。

「而且從筆觸來看，水澤應該是用玻璃筆來畫這張圖的輪廓吧？」

「真厲害，你說中了。」

香月雙手併攏佩服地說。

按照她的說法，水澤在畫這本繪本時嘗試了新的呈現手法。完全不用水彩或廣告顏料，彩色部分全使用染料墨水。

另外在畫筆上，比起畫漫畫或插圖時常用的圓筆尖或G筆尖，主要採用可以長時間書寫，可憑藉繪圖時的角度及墨水殘量來畫出獨特濃淡或漸層效果的玻璃筆。順帶一提，最近也有許多插畫家及繪本畫家是使用插畫專用軟體，光靠電腦來繪製作品，但水澤依然堅持親手描繪作品。

「難怪，我就想說他的用色很獨特。像是這裡，你們看，這種漂亮的紅色我從未見過。」

美奈子接過史郎手上的《妖怪偵探團》，指著另一頁嘆息。

「墨水基本上沒辦法像顏料那樣混色，只能用單色來畫。各家廠商為打造出獨特色彩現在競爭相當激烈。目前市面上流通的墨水，光紅色系就有上百種喔。」

史郎說。

設計工作室的鷹野點點頭，這方面他想必也很清楚。

「這不就代表，水澤的書房裡會有超多瓶彩色墨水嗎？」

「沒錯喔。彩色墨水的話，在事發當時書房裡敞開的櫃子最下面抽屜裡有很多。」

「大概有幾瓶墨水呢？」

「這個嘛……我想起碼超過五十瓶。形狀和大小各異，種類很多。」

聽見香月提供的資訊，史郎不禁點頭，向三島學姊說：

「現場狀況我大概掌握住了。從懷舊藍和鋼筆的特性來看，很明顯，把鋼筆和墨水瓶，甚至是白紙放到桌面上的，並不是水澤。既然如此，只要調查懷舊藍墨水瓶上的指紋，就知道凶手——就算還不能這樣斷定，至少可以知道可疑人物是誰了吧？」

「指紋這一點，目前正在調查。」

三島回答。

「不過，要是凶手把指紋擦掉，不就不知道是誰了嗎？」

周提出問題，史郎邊點頭邊環顧眾人。

「還有另外一個問題，布置水澤桌面的那個人，為什麼會從五十瓶以上的彩色墨水中，選了懷舊藍那一瓶呢？」

「誰知道，應該是碰巧吧？」

遠藤出聲說。

「不，如果按照周剛才的推理去想，那個人在殺害水澤後，立刻就想到要偽裝成自殺的話，那麼理由就不難猜想了。」

在場所有人的目光都集中在史郎身上，等著他說出答案。

「選出懷舊藍的並不是凶手，而是水澤本人。我認為水澤可能是在和凶手爭執的過程中撞到頭——反正就是陷入瀕死狀態時，從櫃子裡抓出懷舊藍的墨水瓶。然後，他就昏過去了。凶手不明白他這麼做的意圖，肯定很困惑。只是，儘管不知道緣由，他認為保留原樣可能會出問題。他懷疑這個墨水瓶是水澤死前留下來的訊息，裡面可能藏有線索，只要被了解內情的人看見，自己的罪行就會暴露出來。凶手著急地想：自己看不懂這個舉動意味著什麼？要放回原本的櫃子抽屜裡嗎？——不對，會不會其實這就是一個故意要讓自己放回去的陷阱？——他看向抽屜，裡面交雜擺放著各種廠牌的墨水，形狀和大小各異的瓶子有五十個以上，密密麻麻地塞在裡面，根本看不出水澤拿出來的那一瓶原本放在哪裡。要是墨水的擺放其實有規則存在，事後遭到調查時就會被看出有異狀，說不定會暴露出這裡曾有另一個人在場的事實。接著，凶手靈機一動，只要用這瓶墨水改寫死前訊息，讓不管誰來看都一眼就能明白、又不會害到自己就好了。」

周接下去說：

「換句話說就是，凶手把充當死前訊息的那瓶懷舊藍，布置成只是為了用來寫遺書的工具嗎？把鋼筆和紙跟瓶子一起擺到桌上，讓紙保持空白這點很聰明。凶手要是寫了假遺書，筆跡八成會露出馬腳。就像剛才遠藤說的一樣，這樣可以讓警方認為水澤原本是想寫遺書，結果什麼都寫不了，東西擺著就跳下去了。別說是於己無害，如果要偽裝成自殺根本是太方便了。他讓房間維持著和水澤動手後物品散亂一地的模樣，也是基於相同的理由吧。實際上，學姊，妳剛才也認為有可能是情緒失控的水澤自己弄亂的不是嗎？」

「我只是說，有那種可能性而已。」

三島微帶怒意地瞪向周。

「對了，我認為鋼筆要不是原本就在桌上，不然就是插在水澤胸前口袋，後來被凶手拿起來的。那間書房畢竟是用來工作的，要找出一張白紙也是輕而易舉吧。」

史郎說完後，現場頓時陷入一片沉默。就連方才還不認同殺人假設的鷹野，這下也一言不發地陷入沉思。

「那個……不好意思。」

打破沉默的人，是香月。

「案發當晚，我原本要去找水澤老師拿的繪本原畫，還沒有找到嗎？」

她面朝三島，小心翼翼地發問。

「上次做完筆錄後，我問過負責轄區的警官了，目前好像還沒看到。」

三島一臉歉意地回答。

「原畫，是指《妖怪偵探團》的原畫嗎？」

說水澤寄了繪本給自己的美奈子問。

這樣說起來，香月剛才也說過，她是要去拿那些畫才會造訪水澤的公寓，結果變成了第一個發現遺體的人。想必做筆錄時有被問到她去找水澤的理由，當時她就告訴過三島原畫的事了吧。從兩人的對話可以得知，那些畫現在去向不明。

香月點點頭說：

「沒錯。《妖怪偵探團》是我負責的第一本書，對我來說也有特殊的意義。尤其是，我很喜愛最後一頁星空那張圖——我告訴水澤老師這件事後，他說要送我。他答應的時候說我隨時過來拿都可以，他會放在書房，馬上就能拿給我。現在卻沒有在那間書房裡，這真的很奇怪。」

香月神色不安地注視著三島。

「在水澤老師的喪禮後說這種話真令人難受，不過原畫在哪裡呢？該不會被那個凶手帶走了……」

史郎小心翼翼地問：

「不好意思打個岔，香月小姐，妳有看到水澤拿來畫插畫輪廓的那枝玻璃筆嗎？筆身是和風設計，算是相當顯眼。」

「咦？我想想看……」

香月擺出回想當時情況的樣子，不過，她這麼說：

「這樣說起來，也沒看到玻璃筆。我以前也曾在水澤老師工作時過來，當時我還心想他用的筆真美耶。但那一天好像沒看到……只是東西散亂一地，說不定是被其他物品蓋住了。」

聽見這個回答，史郎也出聲幫腔。

「學姊，警方有扣押一些水澤書房裡的工具和其他物品，對吧？可以為了香月小姐再檢查一次嗎？如果可以的話，玻璃筆也麻煩問一下。」

「香月小姐的部分我可以了解，但榎本，你為什麼對那枝玻璃筆這麼執著？」

三島問。

「那枝玻璃筆，以前水澤有給我看過——乍看之下看不出來，但那枝筆相當值錢。」

史郎進一步遊說：

「警方也想搞清楚水澤到底是自殺還是他殺，對吧？那枝玻璃筆和原畫從現場消失了，不就代表有可能是一起命案嗎？」

「我知道了。我來問問吧。」

三島嘆口氣，拿起手機走出房間。應該是要去每層樓中間的階梯平臺，打電話給轄區警官或是京都府警詢問吧。

「先不管那枝玻璃筆。」

周再次推了推眼鏡框。

「剛才香月小姐說，說不定是凶手把原畫帶走了，這可能性很高不是嗎？水澤的畫，拿去網路拍賣應該可以賣個好價錢——就算不能公然販售，也可以透過一些不法網站的私下管道出清。」

「別這樣，這樣說太輕率了吧。」

周不斷臆測時，遠藤出聲制止。

「不，那些原畫——」

像是要蓋過香月的聲音般，鷹野以清楚詳情的表情反駁。

「據我聽說，原畫連一日圓都不值喔。」

「咦？為什麼？」

「那個，水澤有告訴過我。因為是用墨水畫的，對吧？」

遠藤和美奈子的聲音交疊出不協和音，史郎用簡單易懂的方式說明。

「水澤在繪圖時用的染料系彩色墨水，優點是顯色鮮明及滲透率佳，不過也會比其他畫材更快褪色。所以為了保存原本的色澤，必須一上完色就要立刻掃描。」

「哦！原畫的價值不如電腦圖像，這跟一般的畫剛好相反耶。」

周還沒嘟噥完，三島就回到房間。

「不好意思，香月小姐，妳在找的那些原畫，沒有在警方扣押的物品中。我也直接問過負責現場鑑識的人員了，他們說沒看到那樣的畫。」

「怎麼會這樣……」

三島又轉向史郎，對他說：

「不過，玻璃筆倒是有。是這枝吧？」

然後，舉起手機螢幕。上面那張相片大概是由鑑識科傳來的。這應該也算是偵查資料，應該是為了蒐集證據才會給我們看吧。

手機裡那張相片，是兩枝收存在木盒裡的玻璃筆。

筆身部分的設計很簡單，只有沉穩綠及低調橙兩色，如同和風蠟燭般沒有圖案。

史郎搖了搖頭。

「這兩枝筆也是好東西，但這不是水澤平時喜歡用的那枝玻璃筆。我想應該是預備用的筆。」

「扣押的玻璃筆只有這兩枝。再加上香月小姐說的原畫也沒有——這就怪了。表示這兩樣東西，從一開始就不在他的書房裡。」

三島稍作思考，接著說道：

「從剛才的談話推測，水澤應該是平時工作上就會用那枝玻璃筆。香月小姐，妳也看過他用那枝筆工作——榎本，當初是水澤直接拿給你看的，對吧？你記得具體的細部特徵嗎？等我回署裡，會再針對這枝筆和原畫詳加調查。」

「我知道喔。畢竟水澤那時候可是洋洋得意地向我炫耀這枝筆，大肆誇讚了一番。」

史郎說的玻璃筆，是兩年前京都的特殊玻璃製作所與東京都墨田區的江戶切子[1]師傅合作製作的，與其說是文具，更應說是傳統工藝品的高級玻璃筆。

1 日本的一種傳統工藝，師傅以熟練技巧在雙層玻璃表面進行雕刻，呈現出同時有著透明及彩色玻璃的雙重結構，而雙層玻璃之間，會隨著切割線條表面有著奇幻著光影變化視覺效果。

筆長約十七公分，外觀宛如水晶般透明，散發出高貴色澤的無色玻璃筆，筆身上雕刻著江戶切子中具代表性傳統圖案之一「菊繫文」。因為是由師傅一根一根手工雕刻圖案，自開賣時就只在網路商店上接單生產。即便如此，訂單依然如雪片般湧來，現已停止販售。

「水澤的說法是，這已經算是一種藝術品了，外觀華美自然不在話下，他還是第一次體驗到這麼滑順的寫感，寫起來的舒暢感受簡直是至高無上。」

三島開口問：

「榎本。那枝筆看起來挺貴重的，大概要多少錢啊？六位數……還是七位數嗎？」

史郎在那瞬間忽然一驚，然後熱切地說道：

「這個啊，他是沒講價格，不過……應該至少七、八十萬吧？我也一直很希望我們店裡可以擺上一枝。」

「我知道了。謝謝——哎呀，已經這個時間了。」

三島瞥了一眼手錶，表示是時候散會了。

「謝謝各位今天提供有用資訊。在你們的協助下，我感覺應該有辦法解開這起悲傷意外的全貌。」

「學姊，妳說『意外』，表示妳還是認為水澤是自殺的嗎？」

眾人一同起身時，周彷彿難以接受這個說法。

「雖然我們很傷心，但原畫跟玻璃筆也可能會在其他地方找到。」

三島用克制著情感的聲音回答，然後就沒人再開口了，各自踏上回家的路。

當天晚上，十點左右。

白天下了好一會兒的雨，現在已經停了。

京都市中京區，連路人都稀稀疏疏的鴨川沿岸，三條大橋附近。這一帶，從幾年前開始就因為非法棄置垃圾造成問題。特別是從一般路面下到鴨川旁平地的水泥階梯及平臺上，散落著空寶特瓶及便利商店便當的塑膠容器，以及裝著這類垃圾的塑膠袋。

在路燈微亮的昏暗光線中，一個人影正拿著手電筒翻找垃圾，在尋找什麼東西。沒多久，那個人從垃圾中拾起一根細長棒狀的物體。那東西在手電筒亮光的照耀下，閃動著晶璨光芒。

那個人把東西塞進斜肩包，踏著輕盈步伐正準備離去時，史郎一行人擋住了那人的去路。

「可以把你剛才撿的那東西給我看一下嗎？遠藤。」

三島邊戴上白手套邊走近，從過度驚嚇而僵住不動，連抵抗都沒有的那個人他的包包裡掏出一枝玻璃筆。站在旁邊的史郎也探出身子看。

「錯不了。這是水澤的玻璃筆──筆尖大概可以查出你的血跡。對吧？遠藤。」

三島觀察著自己手中的江戶切子玻璃筆。

「我們仔細思考過這枝玻璃筆被從現場拿走的理由。這跟原畫不同，不太可能是想要換錢──玻璃筆這種東西，外觀幾乎都挺美觀的，在榎本說出來之前，看起來現場所有人誰也不曉得這枝筆真正的價值，對吧？如果是這樣，凶手為什麼要拿走這枝玻璃筆呢？──這東西，好像不會缺角也不會破損，但由於筆尖很尖，挺危險的吧？

大概是案發當晚你跟水澤起爭執時，擺在書房桌上的這枝筆彈起來刺到你的手腕，或者是他為了防禦在一瞬間用筆尖刺傷了你？不好意思。」

三島抓起遠藤的右手，將他襯衫的袖子捲高。手臂上貼著ＯＫ繃。

「無論是哪一種情況，都迫使你不得不處理掉這枝沾著自己血液的玻璃筆。」

她跟白天判若兩人，話多了起來，氣勢凜然。

「藏葉於林嗎——不過，這不會太隨便了嗎？這裡不僅距離水澤的公寓很近，而且你丟棄這枝筆時，警方仍認為這件事他殺或自殺的可能性各占一半。要是斷定為他殺，警方立刻就會發現玻璃筆沒在書房裡，著手尋找其下落才對。這個垃圾棄置場，八成會成為目標之一。」

聽見周的疑問，史郎回答：

「不，我認為他這個判斷十分妥當。畢竟房間裡還有其他枝玻璃筆。我們會知道『有一枝江戶切子的玻璃筆不見了』，是因為剛好水澤以前讓我仔細看過那枝筆。香月小姐也說，她只是瞥見一眼。如果不是這樣，警方照理來說會認為那些預備用的玻璃筆就是水澤平時工作用的工具，根本不會想到其實還有另外一枝。混進非法棄置的垃圾裡丟掉，比起在丟垃圾的日子丟掉，反倒安全多了。」

史郎及周的聲音裡，比起計謀成功的得意，摻雜了更多的苦澀情感。

「你們三個串通好了……白天的那些，是在演戲嗎？」

看來遠藤到此刻，終於理解眼前的狀況。

「對，為了引誘凶手出面。」

「遠藤，我們在咖啡廳散會後，轄區幾位警官就一直監視你。你大概一開始就丟棄那枝筆湮滅證據了，但今天先是從榎本口中聽見那枝玻璃筆是值錢貨，然後從我在咖啡廳時的態度看來，你又推測警方八成認定這件案子是自殺，於是你就放心了，決定立刻採取行動拿回這枝玻璃筆吧。幸好這枝筆看起來毫髮無傷，上面也沒有可以知曉原本購買者的序號。你認為等案子熱度消退後，在網路上拍賣也不成問題吧？」

「對了，那枝筆值七、八十萬日圓是騙你的。貴是真的貴，但大概八萬日圓左右吧。」

史郎這麼說，和三島學姊交換一個眼神。

「學姊，在妳問我『玻璃筆要七位數嗎？』的時候，我心想，就算學姊妳是門外漢，應該也知道區區一枝玻璃筆不可能要價上百萬吧。所以我馬上就意識到妳是故意這樣問的。」

「我就是想說，如果是你的話，應該可以聽出我的用意。」

三島微笑。

了解情況後，遠藤一臉懊喪地撇嘴。

「為什麼？為什麼知道是我把水澤推下去的？」

「就是簡單的消去法。雖然對你以外的其他人有些抱歉。」

史郎代表三人說明。

首先，因為職業緣故率先得知水澤墜樓身亡的三島學姊，在巨大打擊下依然掌握住現場詳細情況，並判斷這肯定是他殺。她能這麼肯定，是因為留在現場的那瓶墨水「懷舊藍」，隱含著只有插畫研究社成員才知道的某個訊息。

三島聯絡了史郎和周，隔天——也就是昨天，三人緊急碰面討論。史郎和周也馬上就領悟到那個訊息的含意——水澤不是自殺的。雖然不知道理由，但他肯定是遭到殺害。三人意見一致。

不過，要斷定是他殺還缺乏物證，就當時情況來看，要鎖定凶手也很困難。

「這時，榎本就提議，把來參加喪禮的親友聚集起來問話怎麼樣？」

三島說完後，史郎接下去講：

「說不定可以獲得目前還不明朗的資訊，更關鍵的是，水澤會讓對方進書房，表示凶手是他認識的人。那對方也有可能來參加喪禮，如果有機會聊一聊，說不定有機會鎖定對象。」

「然後，我們三個人擬好計畫，分配各自的職責。對了，我是出擊者。」

周這麼說。

然後，在今天喪禮結束後，三島獲得搜查總部的同意，按照計畫邀請賓客一起聊聊。

在喪禮前後，三島向多位弔唁賓客自我介紹，周和史郎也假裝不經意地在言談間提及她是警方的人。他們猜想，如果凶手在現場，應該會想知道警方目前的搜查進展而跟過來。

然後，願意參與的七個人在咖啡廳入座後，她為了讓可能混在這些人裡頭的真凶放鬆戒備，故意表現得好像認為水澤墜樓身亡是自殺一樣。

不過，其實警方是從命案及意外兩個方向同時慎重進行調查。

還有，他們認為案發當晚香月原本要去拿的繪本原畫，極有可能是凶手拿走的。

史郎不客氣地說：

「就如同那時候周明明白白說的，凶手很可能是為了錢才偷走原畫。但實際上原畫完全沒有價值。在四個人裡面，鷹野先生、香月小姐跟美奈子小姐都知道這件事。不知道的只有你，遠藤。」

遠藤洩氣地垂下雙肩。

警笛聲逐漸接近。

隨後，遠藤被送上警車，遭警方帶走。

隔週的週二，是榎本文具店的公休日。

「店真不錯耶。我有聽說重新改裝開幕了，但一直沒時間過來一趟……」

「好懷念喔。奶奶還在時的回憶全都湧上來了。」

三島學姊和周在高中時社團活動結束後都曾來訪過。

史郎回想當時，開口說：

「剛好差不多是現在這個時候吧？插畫研究社正忙著準備校慶的園遊會。」

奶奶總會為了在社團結束後仍意猶未盡聊到很晚的這幾個孩子，親手準備京都風味家常料理。大家一邊大呼美味一邊大快朵頤，史郎見狀都感到自豪。

「真的好好吃喔。奶奶的湯豆腐。裡面還加了京野菜的壬生菜跟柚子，香氣超迷人的。」

三島學姊一臉懷念地輕聲說。

「昆布高湯也是極品。而且奶奶還會做飯糰給肚子餓得扁扁的我們吃。」

周接著說。

中午過後，在沒有客人的店內待客區，三人再次到齊了。

兩人看起來比前幾天放鬆不少，雙肩也不再那麼緊繃，這不光是因為換上了日常服裝的緣故吧。自那之後過了一週以上，案情全貌幾乎已全部明朗。

「湯豆腐我做不來，就用這個配茶吧。」

史郎在桌面放上手沖好的幾杯咖啡跟京都知名點心「御所之宴」時，兩人發出歡呼聲。「御所之宴」是用烤成波浪狀的兩片薄餅乾夾奶油的高級甜點，這也是奶奶經常端出來請大家吃的點心。

和高中時的不同之處，唯有水澤不在。

遠藤被帶到警署後，招認了一切。後續搜查在他公寓房間發現了繪本的原畫，再加上三島扣押的玻璃筆，獲得幾項物證。

由於水澤的繪本插畫跟知名攝影師的作品碰巧相似就故意造謠他抄襲，並在社群媒體上散布消息的人，也正是遠藤。

兩人雖是童年玩伴，但水澤的存在總會勾起遠藤的自卑心理。其實他原本也想成為插畫家，但在看見水澤壓倒性的出色才華後便喪失信心，於是放棄了。而心裡悄悄喜歡的美奈子，又一直單戀著水澤。

壓垮駱駝的最後一根稻草，是他好不容易找到新人生目標，工作多年的文藝出版社，又告知不會將他升為正式員工，要提前終止契約。事事不順，使他灰心喪志。相較之下，水澤不僅平步青雲，也獲得了知名度，過得充實又精采。

遠藤再也無法克制對他的嫉妒。

一開始他只是想發洩情緒，惡作劇一下。當然，並沒有要殺害水澤的打算。

可是飽受抄襲嫌疑困擾的水澤，似乎一直在想辦法要找出那個中傷自己的人是誰。一般作法是向網路服務提供商要求公開該名用戶的個人資訊，但這需要提起訴訟——也就是正式向對方提告，這樣一來，不僅時間會拖很長，而且還會牽連到責編香月等繪本出版社的相關人員。

於是，水澤再次仔細檢視那些誹謗中傷的發文。結果開始懷疑，發文的說不定是自己認識的人——甚至，可能是相當親近的朋友。他會這樣猜想，是因為有好幾則發文內容看起來稍微在影射水澤高中時期的事和最近才發生的私人狀況。

然後，由於某項事實，他推測那個人可能是童年玩伴遠藤。

水澤把遠藤叫到自己的公寓，質問他。

史郎回想喪禮那天在咖啡廳的對話。

「十六日那天，水澤打電話給我和周時明明還很有精神，也很開朗，結果兩天後香月小姐和美奈子小姐聯絡他時，卻說他心情非常低落。大概就是因為在那兩天內，他發現害他蒙上抄襲污名的人就是遠藤，所以深受打擊吧。遠藤當時說，水澤打電話給他說有事想找他商量，但那通電話其實是為了把他叫出來當面對質的吧。」

「也難怪他會沮喪。畢竟是遭到感情一直很要好的童年玩伴背叛。」

周的聲音也沉了下去。

水澤直接攤牌，拿出對方無法辯解的證據。遠藤說，當時他被逼到走投無路，只好坦白一切後，水澤神情苦澀地說：

——這次中傷，不光是我，還讓香月小姐、出版社的大家及龜田老師……許多人都蒙受損失。我會報警喔。

隨後兩人起了爭執，那時擺在桌上的玻璃筆彈起來刺傷遠藤的手臂。遠藤一怒之下就用力推水澤，水澤的頭撞到家具一角，整個人開始痙攣。

後來的一切，就如同史郎他們的推理。水澤一邊抽搐，一邊伸手抓住了懷舊藍的墨水瓶，希望在死前留下訊息。但遠藤把墨水瓶拿起來，故布疑陣。再把水澤搬到陽臺丟下去，偽裝成墜樓身亡。

「但從結果來看，遠藤終究沒能抹去水澤想透過懷舊藍來傳遞的死前訊息。那個訊息，我們三人確實接收到了。」

「對，那傢伙多半以為在桌面上故弄玄虛就能掩蓋死前訊息，但對於我們來說，只要這瓶墨水出現在水澤的死亡現場這個事實就夠了。」

三島學姊臉上浮現複雜的神情。

「已經快十四年了吧。如果沒有高中時的那件事，情況就又不同了——說不定水澤就會被判定是自殺，而真相就永遠埋葬在黑暗之中……當然，那仍然是一段不堪的回憶。」

「我也是這麼想。水澤不至於含冤而死，正是因為我們四個共同經歷過那段苦澀回憶的緣故呢。」

聽見史郎的話，周也點頭。

高中時，插畫研究社的成員水澤、三島學姊、史郎和周四人，曾合力完成四張長一八〇公分乘以寬九十公分的作品。

標題是〈有職裝束的基礎知識〉的這幾張一比一插圖，詳細描繪了平安時代宮中貴族的正式服裝，其中畫了穿著「束帶」、「狩衣」的男性貴族，還有穿著「袿袴」和「小袿五衣」——俗稱「十二單衣」的夫人，總共四人。

他們原本打算投給公開招件的插畫競賽，但在身為古文老師的指導老師強烈希望下，作為參考資料貼在二年級各班教室。因為當時二年級的古文課，正好以《源氏物語》為主要教材。

二年級剛好有四個班，每班教室各貼一張插畫，學生們可以去其他教室觀看。

學生即使會翻譯古文，但缺乏對於平安時代宮中情況的真實認識，這些插畫由於鮮明呈現出歷史人物，作為教材大受好評。

不過，在第一學期的期末考那時，發生了一件很糟糕的事。

二年級在考數學時，抓到有人嚴重作弊。

手法大膽而巧妙。作弊學生把數學公式抄寫在教室黑板旁邊貼的〈有職裝束的基礎知識〉插圖的衣裳裡。

史郎他們畫的插圖，連女性身上穿的袿袴和服，都是依照實際圖案描繪而成的。而作弊者就模仿那些圖案和衣服層層疊疊的褶皺，把公式歪歪斜斜或者水平拉長地寫進去，巧妙藏在裡頭。而且貼在各班教室的每張圖裡，全被藏進了仿照不同衣裳圖案寫成的公式。

那是每個人隨時可見的東西，而且就像日曆或課表一樣，大家每天在教室裡都見慣了，根本沒人想到會有問題，一直到考試當天，才發覺到有人動了這種手腳。包含繪製者史郎他們，都沒有人注意到。除了犯人，或者是犯人們本身。

作弊事實是在考完試後才發現的，引起一場大騷動。

不過要揪出利用這種手法巧妙作弊成功的犯人，實際上根本不可能。更何況在這種狀況下，有些學生就算原本並不打算作弊，卻碰巧發覺這個機關，也有可能就利用大剌剌寫在眼前的公式拿分數，所以學校決定數學全部歸零重來，再考一次試，事情演變得相當嚴重。

「結果到最後都不曉得那些作弊玷污我們作品的人是誰，他們也沒受到任何懲罰。」

周不甘心地咬住下唇。

順帶一提，由於每間教室的插畫都被寫上公式，大家一開始懷疑應該是分屬不同班的好幾個人聯合作弊。但仔細一想，也可能是某個人為了讓大家這樣想，才獨自花一番工夫完成的。

事到如今，這一點依然成謎。

這件事讓二年級的學年主任和輔佐他的副主任成為眾矢之的，遭到家長們的猛烈砲轟，但插畫研究社的悲劇之後才正要開始。

第二次數學考試結束後，「其實作弊的是插畫研究社的成員，那些人從貼上那些插畫時就已經計畫好這次的作弊了」，這樣的傳聞傳得滿天飛，史郎他們在學校內受盡冷眼。

因為這個緣故，原本同時參加體育類社團的其他三人也說「在另一個社團遭到霸凌，真的撐不下去了」，提出退社申請書。

按照校方規定，要從事社團活動最少需要七名社員。原本插畫研究社的社員人數就在規定邊緣，三人一退社，社團就形同解散了。

「不過，好像冥冥之中真有安排啊。十四年後這一次案子裡，水澤之所以能看穿在社群媒體上發表中傷言論的人究竟是誰，也是因為那次的〈有職裝束的基礎知識〉。」

根據遠藤的自白，水澤為了找尋散布謠言者的線索，翻查社群媒體上的發文，注意到了一則內容。

——其實，這次被懷疑抄襲的插畫家M，以前在高中時也發生過耐人尋味的怪事。

遠藤把〈有職裝束的基礎知識〉和插畫被利用來作弊的來龍去脈寫成文章發出，但這樣簡直就像在暗示連那場尚未找到犯人的作弊都是水澤幹的一樣。他當然會生氣。

當遠藤發文寫出〈有職裝束的基礎知識〉的事後，有其他網友感興趣追問：

——挺有意思的耶。我最近在學染色的知識，聽說平安貴族裝束的顏色會根據官位或季節來決定。插圖的顏色大概是什麼感覺呢？

遠藤回答：

——女性穿的是十二單，有各種顏色交疊，至於男性穿的束帶——也就是正裝——是黑色的，當時的日常穿著狩衣則是梔子色。

這位網友不愧正在學習染色，看來具備一些傳統和色名稱的專門知識。

——梔子色？相當華麗耶。

對方這麼回。

——咦？是白色喔。

——咦咦？不是吧。梔子色，是帶有一點橙色的黃色。

兩人在社群媒體討論時彼此的認知對不上，原因其實出在水澤身上。

三島學姊說明。

「遠藤說，高中時，在發生作弊風波前一陣子，他曾和水澤討論過傳統和色名稱。」

那大概是在六月初進入梅雨季後，插畫研究社正好在製作〈有職裝束的基礎知識〉那陣子。

當時，水澤正在學習日本傳統色彩——和色的知識，這件事遠藤也曉得。

休息時間他和水澤在教室閒聊時，聊到傳統和色名稱，遠藤很感興趣，問了水澤各種顏色的和名。黑板的墨綠色是千歲綠，從窗戶可以看見的花壇上綻放的繡球花沉穩藍色是紫陽花青，杜若的鮮豔紫色是杜若色等。

「和名，有很多是花的名稱耶。」

遠藤這麼說，指著講桌上花瓶中的梔子花，那花瓣有著奶油色的濃厚白色，詢問：

「既然這樣，那個就是梔子色囉？」

水澤回答：「對啊。」

「水澤那時候告訴我的資訊是錯誤的。只要沒這件事，他就不會發現是我幹的。」

據說當時遠藤一臉懊惱地說。

案發當日，水澤把遠藤叫過去，坦白當時的錯誤。

「後來我才發現梔子色不是白色，而是帶著橙色的黃。因為染料顏色不是來自花，而是來自果實。我原本是打算向你道歉，告訴你之前說錯了。但你居然在夏天得感冒，從隔天起一整週都沒來學校。等你好不容易來了學校，又一副大病初癒很不舒服的樣子，我想說不該拿那些瑣事去煩你，最後就沒向你更正資訊，不了了之。」

不過遠藤從此以後就記住了當時水澤告訴他的答案，也不知道那是錯的，在社群媒體上把帶著奶油色的白說成「梔子色」。

「不過，也因為這樣，我才能知道你就是造謠中傷我的人。知道高中作弊那件事，再加上社群媒體上的那些內容，你跟對方說的話對不上，正是因為我以前跟你講錯了才會這樣。只有這個可能了。這不是每個人都會犯的錯吧。」

水澤當時這麼說。

「就是因為遠藤那傢伙裝模作樣地在社群媒體上講和色名稱。」

周嘆息，繼續說：

「水澤向遠藤攤牌……才會發生那種事。」

三島學姊語帶一絲感傷地說：

「我們畫的〈有職裝束的基礎知識〉，不知道還在不在學校裡？」

在作弊風波爆出來後，學校就立刻撤下教室裡的那些插畫。老師們當時以「要調查」的名義收走了，後來不曉得怎麼樣了。

當時三島是三年級，大家不懷疑她直接參與作弊，但背後似乎有不少人議論紛紛，說學弟們幹的這些壞事她說不定其實知情。而且，原本她可以在暑假前笑著從社團引退，期待學弟妹日後的蓬勃發展，結果等在眼前的現實卻是——真心追求美才投入活動的插畫研究社不得不廢社。她心中的悲傷及悔恨，肯定不亞於史郎他們吧。

最後一次社團活動，是在第一學期的結業式前一天。

社團活動結束後，在回家的路上，正是水澤主動說：「怎麼可以因為這種事就洩氣！」鼓勵其他灰心成員。然後，四個人相互立誓：

「至少我們這幾個人，絕對不會成為那種做壞事、傷害別人的人，也絕不會向不義低頭。」

夏日黃昏時分，深藍色夜空飄浮著染上金輝的細碎雲朵，第一顆星悄悄亮起。那個美麗的天空深深烙印在史郎他們的腦海中。

畢業後，四人分別上了不同大學，又步入社會，但他們的友情一直都在。

水澤終於如願以償成為插畫家開始接案後，遇見了名為懷舊藍的墨水，他非常喜愛，很常在工作上使用。這件事他也曾告訴過其他人。

此刻史郎依然可以回想起當時水澤這麼說：

「這顏色很像那一天，大家一同仰望的天空。我用這瓶懷舊藍，是為了不忘初心。」

語氣中蘊含著熱切及堅定。他也曾說過：「在深藍色裡加入金色閃粉是這款墨水最大特徵喔。」聽見香月說他死亡的現場有一瓶墨水時，史郎立刻就知道一定是這瓶。而且，三島學姊和周也都曾聽過水澤這麼說。

正因如此，三人馬上就明白水澤在死前想傳遞的訊息。

如同周之前說的，光是在案發現場擺出象徵著對抗不義的懷舊藍，這就夠了。

那代表的意思是：「我絕對沒有抄襲，而且才不會因為遭到網路霸凌，就沮喪自殺。」

「水澤一定早就想到了。他知道，就算自己想表達的訊息會被凶手動手腳，也肯定能傳達給我們。」

聽見史郎的話，周深深點頭。

「一定的吧。自己死去的消息馬上就會傳到待在京都府警的學姊耳裡，而且如果是學姊的話，一定會看穿這個訊息，告訴我和史郎，三個人合力解開真相。他一定對此深信不疑。」

三島的眼裡噙滿淚水。

第四章

綠風

史郎搭市區公車到「京都文化大學花園校區前」的站牌下了車，一位大學女生朝他揮手走近。

「哥哥，好久不見。」

「妳精神很好嘛，梨花。」

「嗯。歡迎來我們校慶——哥哥，你都不愛出門，我還怕你可能不來了呢。」

梨花率先站起來向前走，就像在說「跟我來」一樣。

十二月上旬，史郎搬回京都差不多過了半年。

這段期間，他在不斷試錯的過程中用心經營文具店，期間也發生了許多事，時間是一轉眼就過了。不過，一直到最近他才終於有身心安頓下來，可以專心工作的感覺。

果然居住環境一換，人際關係也會隨之改變。在東京時密切來往的那些朋友，現在依然經常互相聯繫，但大家各自都有工作要忙，無法否認彼此之間正日漸疏遠。

反而現在跟故鄉十幾歲時的朋友與親戚，又變得熱絡起來。

年紀小十歲的遠房表妹今泉梨花也是其中一人。

梨花是史郎過世的奶奶文乃的妹妹葉繪的孫女，和父母跟奶奶四人一起住在嵯峨野老家。小時候葉繪就常帶她過來玩，每當她爸媽忙碌時，就會把她放在榎本家，史郎一直把她當一個年紀差很多的小妹妹照顧。或許因為這樣，即使都讀大學了依然喊史郎「哥哥」。

前幾天，她打電話過來。

「哥哥，你今年總該來我的校慶了吧？你都搬回來了，這是當然的吧？」

在她半強迫地邀請之下，史郎也就去了。

史郎去東京後，兩人也常寫信或電子郵件，但東京和京都實在距離很遠，每年只有史郎回老家時會碰上一面。

梨花現在二十一歲，是京都市內的私立京都文化大學文學院書法系三年級生。

梨花從小就喜愛書法，小學一年級開始就去書法教室上課，憑藉書法專才進了可以從國中一路讀到大學的知名一貫制學校國中部。在國中時，她更加投入練習，上了現在這間大學的附屬高中後也加入書法社繼續鑽研。聽說參加書法展的幾幅作品還有獲獎。

梨花上大學後，好幾次邀請史郎參加校慶或書法展這類活動。史郎是有興趣，但他以前實在抽不出時間特地從東京趕來京都，而現在雖然搬回京都了，要臨時關店休息跑去校慶，心裡又對顧客過意不去。

不過到頭來他還是沒辦法真正拒絕梨花的邀請，想必是因為自己從小就一直照顧這個讓人放心不下的愛哭鬼，現在仍脫離不了照護者心態的緣故。更何況梨花還說：

「葉繪奶奶說那一天她可以幫忙看店。」

看來她都事先打點好了，接著還說了這種吊人胃口的話：

「再說，我們還有個小活動喔。哥哥，我想你一定會有興趣的。」

梨花說，校慶時書法系除了每年慣例的作品展示之外，還會針對一般民眾舉辦書法教室。那的確是挺有意思的，但今年邀請到奈良的老字號墨廠商墨聖堂來展示固體墨並在現場販售，聽說現場還會公開當天開始銷售的新墨。

本次企畫會在展示作品的書法系教室舉行。

京都文化大學有日本國內少見的書法研究院，墨聖堂是其贊助企業。聽說因為許多書法系的教授或畢業學長姊在墨聖堂有人脈，他們一直都會贊助書法展及揮毫展演等活動。

史郎興趣來了。

墨聖堂的墨，從奶奶那一代起就在榎本文具店販售。墨的延展性好，可以寫出美麗的字跡，也很受客人歡迎。

「這個就不能不去看看了。」

「對吧？」

梨花得意地說：

「而且呀，幫墨聖堂兩年前開幕的東京分店寫招牌的，可是我們系上的學姊，美女書法家夏目比美子老師喔。」

「夏目老師不是在YouTube上面經營『寫一手漂亮硬筆字講座』的名人嗎？梨花，她是妳學姊啊？」

梨花點頭，似乎跟那位美女書法家認識。

今天是為期三天的校慶活動第二天——夾在中間的那天。

天氣預報說，相較於晴朗、陽光又暖和的昨天，今天雲量偏多，下午有些地方可能會下小雨，但新墨發表會在室內舉行，應該不至於受影響。

大學正門從公車站牌走過來馬上就到了。一踏進校園，意外發現也有許多一般民眾前來，現場十分熱鬧。

手錶上的指針正好指向十一點。

「哥哥。雖然時間有點早，但我們先去邊逛攤位邊吃午餐吧。」

看來梨花早在腦海中擬好計畫了。

「我是可以，不過梨花，妳不用去幫忙書法系的活動嗎？」

她回答說沒問題，說是系上大家有排好班表輪流幫忙準備工作，梨花昨天輪過了，所以今天早上是自由時間。

「墨聖堂的發表會是下午一點開始。我十二點要回去準備，在那之前都會陪你逛。」

書法系的教室位在一號館，周邊有賣炒麵、章魚燒、熱狗，甚至還有賣可麗餅跟鬆餅，一整排各式各樣的店家飄來誘人的香氣。

「啊，還有賣烤田樂味噌京生麩耶。」

梨花指著店家招牌說。

「看起來很好吃對不對？我們吃吃看。」

兩人在店前各點了一盤。端上來的紙盤，放著兩根呈現出淺淺燒烤色澤的烤味噌醬京生麩。一根是白生麩，另一根是艾草生麩。艾草的碧綠色澤及田樂味噌的甜香令人食指大動。

兩根都是生麩和烤青蔥交替串著，表面塗著田樂味噌。味噌上撒的似乎是山椒粉。

兩人拿著盤子到附近的長椅並排坐下，大口享用現烤的生麩。

「嗯，好好吃。這蔥是九條蔥吧？生麩也很有嚼勁，超好吃。蔥和山椒的微辣完美提味，根本停不下來啊。」

史郎邊吃邊稱讚，梨花聽了也高興地說：

「味噌應該是用白味噌和味醂調製的吧？而且今天有點涼，吃熱呼呼的剛好呢。」

一盤五百日圓，從材料費和花費的工夫來思考算是很便宜。

吃完烤生麩後，史郎坐在長椅上啜飲咖啡，梨花則獨自跑到手工巧克力的店前不知道在物色些什麼。

不久後，她邊啃著一半包在金紙裡、看起來像板狀厚巧克力的點心邊走回來，說了聲「你的」，就遞來一個差不多大小的銀條。

——這是，巧克力嗎？

她說在那間店，可可含量百分之五十五的苦味巧克力用銀紙包，口味溫和的牛奶巧克力則用金紙包著販售。

就在那時候，有人出聲叫她，說道：「請問，妳是今泉梨花嗎？」兩人轉過頭，一位三十歲前後的女子和穿著西裝的中年男子並肩站著。

「河村學姊。朝倉老師。」

梨花一臉驚喜地叫出來，並向史郎介紹。

那位女子名叫河村千冬，是書法系已經畢業的學姊。兩人在校期間沒有重疊，但學姊出社會後，還是時不時會帶著點心回來學校的活動幫大家加油打氣。名叫朝倉圭吾的男子是附屬高中的日本史教師，也是書法社的指導老師。

「我剛好在前面遇到老師。」

千冬笑著說。這樣聽來，她大概也是附屬高中畢業的校友吧。

「喔喔，對了，今泉。我稍早去了書法系教室露過臉，夏目也來了喔。」

聽了朝倉的話，梨花臉龐發亮地說：「咦？夏目比美子老師嗎？」然後轉向千冬對她說：

「對了，河村學姊，妳和夏目老師同年級，高中時也同樣都是書法社的吧？」

「那種相互切磋琢磨的好夥伴嗎？」

史郎也驚訝詢問。朝倉回答道：

「沒錯。她們兩個在我擔任指導老師的書法社裡，都是特別優秀的學生。」

千冬慌忙在胸前搖手。

「不敢當。我們只是都在同一個社團而已。夏目從那時候起，就跟大家在不同次元。」

「有嗎……？我倒認為河村妳擁有跟夏目不同風格的才華，而且又努力。」

「我以前確實曾有一段時期夢想要成為書法家……」

千冬苦笑著說：「我現在在京都市的廣告代理商工作。」

她說，夏目的媽媽原本就開書法教室，因此她從小就接觸書法，高中三年級時在國際高中生書法選拔展──俗稱「書法的甲子園」──個人組榮獲最高獎項文部科學大臣獎。

「不過夏目在獲獎之前，就被也是這間大學畢業、一直熱忱推廣書法的城之內蘭鳳老師發掘，有許多機會接受老師的指點。就連身為指導老師的我都羨慕得要命。」

城之內蘭鳳是知名書法家，被譽為京都府書法界的權威。

朝倉說，他在教育界人士的人脈也很廣，常去京都各間有書法系、書法社的大學和高中校慶及園遊會觀賞展覽、給予指教，也會擔任市民書法展的評審。遇見有潛力的年輕好手，他也會收為弟子。

「城之內老師有來看過我們高中的園遊會喔。我也有直接獲得他的建議。」

梨花一臉自豪地說。

「對了，今年的書法甲子園不是快發表結果了嗎？在近畿大會應該有拿到優勝吧？」

梨花雙眼閃閃發光充滿期待地詢問朝倉。附屬高中似乎每年都有作品參賽，梨花一定也很關心學弟妹的成績吧。

按照她的說法，每個地區會先舉行預賽，然後只有通過預賽的十間學校可以進到全國大賽，也就是書法的甲子園。

朝倉「嗯——」地搔搔頭。

「很可惜，今年沒有入選，就連個人組也沒有人晉級。」

「這樣呀……真可惜。」

千冬附和。

「下次再努力就好。光是能夠常常挺進全國大賽，就很厲害了。」

梨花問：

「團體組優勝是哪一間學校？」

書法甲子園有分為個人獎及團體獎，個人獎會在「臨摹組」與「創作組」中各選出一名優勝——即文部科學大臣獎獲獎者，團體獎則會選出最受好評的一個高中書法社。

梨花高中時，大概也和朝倉及夥伴們有過這樣的討論吧。對她來說，想必是記憶猶新。

「宮城縣的仙台育英學園。這次他們達成了第三次制霸全國的壯舉。」

「那間學校原本就很強呢。」

千冬接話。仙台育英學園，也是常常晉級棒球甲子園的名校。要是不知前因後果的人聽見他們的對話，肯定會以為他們在討論棒球。

「今泉，別灰心。就如河村說的，我們學校過去也累積了不少成績。夏目在個人創作組獲得文部科學大臣獎，妳擔任副社長那年，還在團體組晉級到準決賽不是嗎？要追求更高的成績，從現在開始努力就行。」

「說的也是。希望學弟妹可以寫出更多好作品。」

千冬用手肘頂了下朝倉的手臂說：

「梨花有很多事要忙吧。老師，我們別聊太久……」

朝倉驚覺般接著說：

「對耶。不好意思，不好意思。」

「那麼，就待會兒發表會後見囉。」

千冬催促著貌似還有很多話想聊的朝倉，同時向史郎點頭致意，便離開了。看來他們是一道行動的。兩人好久不見，也有很多話想聊吧。

「原來書法的世界競爭也很激烈啊。」

聽見史郎直率的感想，梨花點頭說道：

「是啊。書法原不是用來競爭的，但凡事只要追求評價就難免呢。不過成為一名書法家又是另一個次元的事了。光有實力並不夠，還要幸運，有好的指導老師，只有極少數人才能擠進窄門。」

一抬頭，眼前有個大學女生正朝這裡揮手。

「啊，京子。」

被稱為京子的那個女學生和梨花年紀相仿，她先向史郎打招呼說「你好」。

「欸，梨花。妳有看到鴨井教授嗎？今天的活動，我有幾件事要向他確認。」

「沒看到耶。不好意思。」

「這樣啊。沒關係——那晚點見喔。」

京子打算馬上離去，梨花開口問：

「真是辛苦妳了。要吃巧克力嗎？」

「謝啦，但看來還要忙一陣子……就先不用了。」

梨花目送她離去的背影。

「她是櫻庭京子，跟我一樣是書法系三年級。擔任園遊會的執行幹部。剛才老師不是說我在高中時是書法社的副社長嗎？當時的社長就是京子。」

兩人簡單邊逛邊吃了一會兒，就提早去今天成了展場的書法系教室，欣賞學生們的書法作品。

在十五坪左右的教室裡，許多隔板平行牆面擺放。隔板上是一整排貼在掛軸上的書法作品，全部約有六十件。梨花說，書法系學生的人數也差不多是這個數字。

在進門左手邊的內側，立著一個寫有「書法體驗區」的牌子，寬敞空間裡擺著長桌及椅子。現在正好有貌似還在讀國中的女生握著筆，正在旁邊學生的指導之下寫漢字。這應該就是梨花提過的書法教室活動吧。

史郎也有在店裡販售毛筆、硯台等文房四寶，加上平時又常從梨花口中聽見書法相關的資訊，對書法也算有基本了解。

展示作品中，有許多是看著經典書法作品寫的臨摹作品，如〈九成宮醴泉銘〉或〈雁塔聖教序〉等中國唐朝初期的楷書名作，不過也有人寫漢字及平假名交雜的現代短歌，或是用比起楷書更接近象形文字的篆書來寫唐詩，甚至有人寫的是稱為大字書法的作品，在四尺全開（六十九乘以一百三十六公分）的宣紙橫向寫下大大的「蒼天」，非常引人注目。大字書法的作品，字體及尺寸形形色色，有些作品乍看之下墨跡潦草，用心觀賞才會看出字與留白之間的平衡適中，呈現出一種躍動感。

順帶一提，書法系好像多半是女生，女學生的名字特別顯眼。

史郎不經意看到了梨花的作品。

「梨花，妳寫的是『假名書法』啊。」

史郎在掛軸上貼有裝飾和紙的作品前，回頭看梨花。

裝飾和紙是用於假名書法作品，經過加工、美化，有和風色彩或圖案的和紙。原意就是拿來「寫東西用的紙張」，在平安時代為了讓詩歌寫得更美，開始製造經過染色及妝點的高級裝飾和紙。而假名書法作品用的裝飾和紙，重現了當時雅緻的氣氛。

橫向貼在掛軸上的裝飾和紙，大小與B4幾乎相同。不僅有染成黃色、橙色、淡青等柔和色調的暈染漸層效果，上面還貼著璀璨的細小金箔或銀箔。

在如此華美的裝飾和紙上，書寫著行雲流水、以平假名為主的字體，左下角標明「源氏物語繪卷　今泉梨花　臨摹」，下方再蓋上紅色印章，是用篆刻雕出的「梨花」二字。這代表了作者的署名，意思就是「今泉梨花臨摹的源氏物語繪卷」。

「我對用平假名寫日本古典文學很有興趣。纖細雅緻，時而又大膽得令人驚奇，這種以平假名為主的表現手法我很喜歡。」

這說不定很適合感受特別豐富，也很好勝的梨花。

一般而言，有志於書法者一開始都要不斷臨摹古代名作，打好扎實的基本功，但找到自己喜愛的領域後，每個人的風格走向就會漸漸分歧吧。

「今泉。」

方才在商店前遇見的千冬及朝倉，走進了教室。

距離開始準備墨聖堂的新墨發表會還有一點時間。

「我想今天說不定可以見到高中時參加過書法社的大家，就把夏目跟河村讀高中時的社團活動相簿帶了過來。」

「咦？好棒。我想看夏目老師高中時的作品。」

朝倉會主動提起，八成就是曉得梨花很崇拜夏目比美子吧。

「像是夏目跟河村高二時在市民書法展展出的作品，還有去大阪參加書法甲子園頒獎儀式時的相片——榎本，你要不要一起看？」

「好啊，謝謝。」

是因為正值午餐時間嗎？現在看展的人只有小貓兩三隻，連剛才在「書法體驗區」拿毛筆寫字的女生都不見人影了。

四人在空出來的長桌上攤開相簿談笑，不知不覺中書法系的學生們也來了，教室裡熱鬧起來。所有人都是女學生，看來應該很多都是附屬高中畢業的，她們跟千冬及朝倉也都認識。

順帶一提，梨花說書法系也有男同學，只是現在校慶他們全被派去做勞力活了，幾乎都沒辦法過來教室。

「夏目老師好可愛。好像偶像明星。」

「老師從高中時就有一股迷人的風采耶。」

「夏目啊，那時候還不太有定性，還曾經翹社團溜出去玩咧。我處罰她隔天要幫所有社員磨墨。」

「老師，你太過分了喔。」

幾個大學女生笑成一團時，一道沉穩的聲音抗議。

所有人反射性抬起頭，一位穿著和服的高䠷女性，笑意盈盈地佇立著。

「夏目老師，妳來了。」

「梨花，好久不見。」

不只梨花，現場所有學生都朝她投去熱烈的目光。

「大家好。今天是墨聖堂邀我過來的。麻煩各位囉。」

在梨花的介紹下，夏目與眾人打招呼，這時，史郎心想自己是個大外行，不可能與知名書法家多聊，加上眼見比美子的四周出現了一堵人牆，便獨自走遠，再次漫步於展示作品前。

「哥哥，你怎麼了？」

梨花追過來。

「那個，有件事我有點好奇。」

史郎在周圍掛的作品中挑了一幅，伸手指向作者署名下方蓋的紅色印章。

「就是這個，參展或參加比賽的定稿作品，是規定一律都要像這樣蓋上自己姓名的印章嗎？」

「這個啊，並沒有如此規定，但寫書法到一定程度後，大家都會有自己的印章。書法作品要在最後寫完名字，蓋上印章，才算大功告成喔。」

「哦！這倒是，在黑白的作品蓋上紅色印章，就有畫龍點睛之效。」

「這裡所有作品，應該都是這樣吧？」

「剛才朝倉老師給我們看照片。夏目小姐高中時參加市民書法展的作品上，也都分別有落款。這就代表參加書法社團的高中生，每個人都有自己的印章吧。」

「沒錯。你為什麼那麼在意印章？」

史郎停頓了一拍，才說出很合理的疑問。

「也沒什麼。我想說如果是委託專門的師傅，請對方在印章材料——石頭嗎？——一個一個刻上社員的名字，應該所費不貲吧。光靠高中書法社的社費夠嗎？」

「啊，這個啊，這沒問題。印章材料的價格落差很大，也有在賣便宜材料。而且，印章都是我們自己刻的。」

「咦？真的嗎？」

這倒是頗令人意外。

刻印章這件事似乎叫作篆刻，梨花說那並不困難，不需要專門的技術。

印章通常都是用篆書刻自己的名字。所以要先用篆書字典查好相對應的文字，直接寫在印章石材上——這時必須寫成左右顛倒的鏡像文字——再拿稱為篆刻刀的雕刻刀沿著那些線條刻出文字。

「比想像中簡單喔。我高中在書法社時也刻過印章，大概一小時就刻好了。」

梨花說，大家都會在高中一年級，初秋要開始向市民展或書法比賽投件前，就分別自己刻好印章，然後一直到畢業都用那顆印章。

「……這樣啊。那我明白了。」

史郎沒再多說。

三十分鐘後，下午一點。展示用的隔板被推到牆邊，桌椅的陳設也調整過了，書法系教室迅速搖身一變成了墨聖堂的新墨發表會場。史郎和其他客人一起坐在教室靠前方，講臺附近擺的折疊椅上。講桌被移到教室角落，現在講臺上擺了一張稍大的長桌。

不久之後，在書法系教授的帶領下，墨聖堂的兩位業務代表一進入會場，負責接待的學生們便帶頭鼓起掌來。

比美子也向那兩位業務代表打招呼。

墨聖堂的兩人從紙袋中取出幾種固體墨，陳列在講臺的長桌上。販售用的墨則裝在桐木盒裡，每種都擺了一塊樣品在前面。

「大家好，非常謝謝大家今天來參加敝公司的固體墨展示發表會。墨都可以拿起來看，請細細品味固體墨的魅力。」

擺好所有墨後，圓臉微胖的業務代表笑著打招呼。

「還有，這是今天的重頭戲，敝公司的新墨『金卷的綠風』。我對這塊墨非常有信心，特別推薦大家可以用來寫書法作品的定稿。」

另一位削瘦的業務代表把桌上的桐盒舉到胸前。

桐木盒裡有三塊閃耀著金黃色光澤的墨。長方體的墨尺寸是七丁型，表面用深綠色寫上「綠風」。

用金箔包住固體墨來避免乾燥並不稀奇，但這種展示方式，給人的視覺震撼會比擺在店裡更加強烈。

「好漂亮。」

「看起來超奢華耶。」

在場二十多人，不管是學生或一般民眾都立刻拿起手機拍照。史郎心知這樣看起來像在跟風，還是學著大家一起拍。

後來就開始販售，會場更加熱鬧了。

史郎趁空檔和墨聖堂的業務代表交換名片。

「我們家裡從奶奶那代就一直有在賣墨聖堂的墨。主要是國高中生練習書法用的款式。」

「非常感謝。請務必趁這個機會考慮一下金卷的綠風。它不只外觀漂亮，當然品質我也可以掛保證。」

自我介紹姓山科的圓臉業務代表很老練地推薦新產品。看起來是性格沉穩，善於言詞的類型。

他說，金卷的綠風在店面銷售的價格是一塊一萬七千五百日圓。順帶一提，墨就是用「塊」來當計算單位。

聽著山科的說明，史郎點頭稱是，也看向現場展示的其他墨。

尺寸形形色色，從親民的一丁型到偏大的八丁型都有。設計上，有質樸簡單、只在黑墨表面以青色或綠色寫上「春蘭」、「白鳳」等文字的，也有圖案華美、繪製了奈良縣國寶正倉院寶物的。

這一區微微飄蕩著墨獨有的氣味。

固體墨是把燃燒植物性油脂時生成的媒，用動物骨頭、皮和筋加水煮沸抽取出的動物膠固化製成。混合這些煤和膠的溶液使其融為一體的工序中，為了蓋住膠的味道，會揉進龍腦或麝香等香料。

史郎觀察那些墨之後詢問：

「品質自然無須懷疑。上一代老闆我奶奶也很信賴貴公司的墨。只是，這個金卷的緣風，對於要寫書法作品的人來說有什麼充滿吸引力的特點嗎？想跟您請教一下。」

「這是個好問題。」

山科神情高興地說。

史郎這時注意到，站在旁邊的比美子似乎也正豎耳傾聽這段對話。

「在製造金卷的緣風時，我們比以前更加細緻地去調整固體墨中的膠含量。」

根據山科的說明，首先，固體墨的製造過程中，並沒有規定多少煤一定要配多少膠，改變膠量就可以製造出不同用途，讓作品產生不同味道的墨。

一般而言，大家都以為墨全是黑色的，但其實只要加水調淡，或改變膠的比例，色澤也會隨之變化。膠的用量愈多，磨出來的濃稠墨汁就不會那麼黑，更偏向灰色調，而加水稀釋用淡墨來寫，墨中蘊含的青色及咖啡色就會顯露出來，呈現出一種澄澈的色澤，暈染效果也很漂亮。反之，如果減少膠含量，運筆就要輕，可以寫出濃重有力的黑色。

梨花也湊過來，目光認真地向山科詢問道：

「我正在練習假名書法。當然也需要技術，不過有沒有特別適合寫假名的固體墨？我想要找寫正式定稿用的高品質墨。」

「原來如此。如果是要寫假名書法的定稿，建議盡量用膠含量偏少的固體墨，可以寫出漆黑又清晰的線條感。」

山科從那些正在展示的墨中，拿起一塊稍小的固體墨樣品。

「這個是膠含量百分之五十五、名叫『雅』的墨，這塊我可以很有自信地推薦給妳。」

打算購買墨的梨花顯得躍躍欲試。

「對了，商品上會標示固體墨中的膠含量比例，是吧？」

史郎拿起一塊固體墨的小盒子觀察。

與樣品墨不同，這是一塊一塊裝在桐木盒裡疊在桌上的商品，那個小盒子表面貼著印有「70／膠含量」的圓形小貼紙。

「這個意思是，『這塊墨中如果煤含量一百，其中配上了百分之七十的膠』吧？」

「沒錯。這個標示是為了提供給大家參考，讓大家可以根據各自的用途，和希望呈現出的效果來挑選適合的墨。」

墨聖堂的另一位業務代表入江點頭。

「至於金卷的綠風，膠的濃度就很高，相對於一百的煤配了百分之九十五的膠，用淡墨——也就是加水稀釋後，以金卷的綠風寫出來的作品富有藝術性，暈染效果也會很漂亮。」

換句話說，金卷的綠風用淡墨來寫，可以寫出更美、更具強烈風格的作品吧。

「真的很感謝墨聖堂歷經不斷試作終於開發出這款墨，城之內老師一定也會很高興。」

原本靜靜聽著史郎和業務代表對話的比美子，鄭重表達謝意。

「城之內老師也知道金卷的緣風嗎？」

史郎大感意外。指導比美子的書法家城之內蘭鳳，跟這塊新墨怎麼會扯上關係？

「對。城之內老師和墨聖堂原就關係密切。」

聽了比美子的話，入江也神情自豪地說：

「金卷的緣風一開始就是因為老師說想要一塊『暈染效果具有前所未見的藝術性的墨』，才在不斷試錯中製造出來的。」

一般的固體墨製作流程，是將煤與膠攪拌成膠煤混合物，加入香料揉製後，再放進模具中定型、乾燥。脫模後的乾燥分為兩階段，首先是放進裝滿木灰的盒子裡，進行歷時約一至三個月的「灰乾燥」。接著再從盒中取出墨，每一塊都用稻草一個接一個串起來懸掛，採自然風乾，所需時間約半年至一年。

兩人表示，金卷的緣風，製墨流程又更加耗時，需要下更多工夫了。

墨是由煤、膠和香料製成，依據煤的種類又可分為油煙墨及松煙墨。油煙墨以燃燒菜籽油生成的煤製成，而松煙墨是用富含松脂的赤松木燃燒所生成的煤製成。現在蔚為主流的油煙墨，原料煤的顆粒大小均勻，可以呈現出純粹、優美又安定的墨色。

而金卷的綠風這款墨，為了在黑色之中呈現出具藝術性的色彩層次，採用了松煙墨作為基底，反覆進行試作。松煙墨的顆粒大小不一、組成複雜，而且多少混有雜質，所以色澤會隨時間產生明顯變化，有些會在歲月流逝後加深黑度，有些則會泛出青色的光澤。

不光如此，開發過程中也不斷調整煤與膠的配比，詳實記錄成品色澤如何隨時間變化。

耗時十年，才終於製作出現在這款金卷的綠風。

入江一臉自豪地說：

「特別是將金卷的綠風磨成淡墨使用時，松煙墨特有的青灰色調能展現出前所未有的夢幻色澤。」

城之內老師向來堅持「要寫書法作品，當然得鑽研不懈、努力精進自身技藝，但也必須重視使用工具」。因此他非常講究毛筆和墨等用具的品質。

「老師很常說，挑選工具時，你與自己的戰鬥就開始了。」

在場學生包括梨花在內無不專心豎耳傾聽。

「不過，也不必太過嚴肅。品質好的毛筆和墨往往價格不菲，那並不是要大家什麼都買貴的。」

比美子展露笑容。

城之內老師也很清楚這一點。尤其是墨，他不會一味建議去買高價墨，只是不希望弟子們出於經濟考量妥協於自己不喜愛的墨，時不時還會伸出援手呢。

「就是這樣，所以接下來——」

山科壓低聲音。

「順利的話，待會說不定會有驚喜喔。」

入江也意味深長地笑著點頭。

這時，史郎還不明白「就是這樣，所以接下來——」這句話的含意，但很快驚喜就真的發生了。

墨的展銷告一段落，墨聖堂的入江及比美子，還有書法系教授一起走出教室，似乎去另一間教室商量某些事。過了一會兒，擔任校慶執行幹部的京子衝進教室。

「大家，出大事了！」

「上次原本不太確定的那個企畫，剛才決定可以做了。夏目老師等下要用金卷的綠風寫作品喔。」

一票學生嘩然驚呼時，校內廣播如搧風點火般響起。

——來參加本校校慶的各位民眾，以及本校學生，今天下午三點，在一號館正面玄關前的廣場，畢業於本校書法系的書法家夏目比美子老師將帶來一場揮毫表演。而且老師使用的墨，正是今天在發表會上首次亮相的墨聖堂新作「金卷的綠風」。

「揮毫表演是什麼？」

有些民眾似乎聽不懂。

「就是用很大的毛筆沾墨，在大張紙上寫書法吧。好像有知名書法家到場。」

這時，比美子走進教室。

「夏目老師，我聽到廣播了。居然可以親眼看老師揮毫，實在太幸運了！」

梨花太過興奮，整個人像是要飄到天上去了。

「讚耶，夏目。沒想到竟然有這種企畫，我怎麼都沒聽說。」

朝倉也滿臉笑容。

「不好意思，因為本來不太確定能不能辦……現在得趕快進行表演的準備工作。大家，可以幫幫我嗎？」

「當然。」

「包在我們身上。」

周遭宛如甲子園球場般熱烈興奮，唯有史郎，轉頭看向還留在現場銷售墨的墨聖堂業務代表山科。

「原來如此。剛才說的驚喜就是這件事啊。」

山科搔了搔頭，說道：

「哎呀，不好意思，剛才說話拐彎抹角的。戶外表演就怕突然下雨，其實我們也是剛剛才正式決定。」

「是這樣啊。現場觀眾應該會滿多的，要在這間教室表演確實也有困難。」

他瞥了一眼手錶，現在是下午一點四十五分。也就是說，臨時決定後，大約一小時後就要揮毫表演了。

比美子打算用今天主打的這款固體墨金卷的綠風吧。那就意味著——她打算用淡墨來寫。

史郎向山科說：

「夏目老師的話，應該可以發揮出剛才入江先生說明的，淡墨獨具藝術性的暈染跟色彩層次才對。我也很期待。」

但這樣就會有一個問題。站在史郎身後的梨花轉回頭問道：

「不過揮毫表演需要一公升左右的墨汁吧？現在只剩一個小時多一點了，來得及磨墨嗎？」

磨墨時，如果用力、快速磨，顆粒就會變粗，磨不出好墨色，所以必須又輕又緩地磨，那就得花時間。

要解決這個問題，只要找幾個人同時磨就行了，可是金卷的綠風比預期更受歡迎，購買的人很多，用來販售的存量全賣光了，就連當初放在桐木盒裡用來展示的三塊，其中兩塊也賣掉了。

「那不成問題。」

大半書法系學生都過去正面玄關前的廣場布置表演場地了，梨花和其他幾位同學留在教室，準備揮毫表演要用到的書法用具及被稱為黑衣人的幕後工作人員的服裝等。千冬和朝倉也跳下去幫忙。

梨花正在準備硯台、洗筆用的水桶等物品。從墨聖堂的山科借來的最後一塊金卷的綠風，就在她手上。

「我會現場磨這塊墨，但那只是為了在YouTube上直播金卷的綠風。實際上揮毫要用的大部分墨汁，墨聖堂已經磨好帶過來了。」

「等一下。YouTube？誰來拍？」

「我。」

山科正色舉起手，那張臉寫著「一切都準備就緒」。

「墨汁當然是提前用金卷的綠風磨好的。墨磨好後要是放置太久，品質就會下滑，所以今天我和入江過來這裡前才磨的。能派上用場，真是太好了。」

「距離表演開始還有一小時左右，這是昂貴的墨，以防萬一就先放這裡保管喔。」

梨花一邊說，一邊把手中的金卷的綠風放進講臺旁邊的落地式保險箱裡。一問之下，她說書法系教室的這個保險箱是用來保管貴重物品的。平常多半是存放上課要用到的珍貴資料或文獻。

今年是邀請製墨廠商來進行墨的展銷活動，但以前的校慶，有時候會由學生來賣毛筆、硯台，或者讓民眾付費體驗親手刻印章，也常用來擺現金。看起來是轉盤式，相當老舊。

「梨花。」

這時，千冬走過來，遞出一塊用銀紙包裹的巧克力。

「辛苦了。這是可可含量百分之五十五的巧克力。請妳吃。」

「哇，河村學姊，謝謝。」

梨花開心接下。

史郎在一旁看著梨花忙碌進行準備工作，一會兒後，他決定去表演場地幫忙，便離開教室。

下午兩點三十分。

一號館正面玄關前的廣場，設置了一個高五十公分、長五公尺、寬三公尺左右的舞臺，大家正往上面鋪藍色防水布。只要在這張藍色防水布上，攤平一張長三公尺、寬一點六公尺左右的書法用宣紙，表演前的準備工作就完成了。

舞臺架得很低，方便大家從周圍觀眾席清楚看見揮毫的情況。

史郎幫忙擺觀眾席的椅子時，背後傳來聲音。

「榎本先生，不好意思。」

史郎回頭，那裡站著已換上表演用袴裝的比美子。

這麼有名的人居然記住了自己的名字，是因為自己是梨花的親戚嗎？難道比美子有特別注意到梨花？史郎不由得暗自竊喜。

「接下來要在舞臺上擺用來磨墨的長桌，但我完全不知道梨花待會兒會站在哪裡……我想問她一下，不好意思，你可以幫我叫她過來嗎？」

「好。我想那邊應該也差不多準備好了。」

史郎爽快答應，回到書法系的教室。

「梨花，夏目老師說希望妳去一下表演場地——」

不過，察覺到周遭的異樣氣氛，史郎把話吞了回去。

「哥哥……」

梨花一臉要哭出來的表情。

「怎麼了？」

「墨不見了。金卷的綠風……我剛才明明有收進這裡面。」

梨花說著，伸手指向講臺旁邊的保險箱。

保險箱的門開著，裡面空無一物。

一問之下，梨花說自己在史郎離開教室後，馬上就把墨放進保險箱，設定密碼上鎖，便繼續去忙手上的事，只有為了找東西離開教室幾分鐘。

等她回來，最後要檢查自己負責的用具是否全部備妥，按照密碼轉動轉盤打開保險箱時，才發現金卷的綠風不翼而飛了。

保管墨的那個落地式保險箱，雖說是轉盤式的，但操作方法非常簡單，只要設定兩位數的密碼再關上就行了。而且密碼也很輕易就能變更，書法系要用保險箱時的慣例是，由當時的負責人來決定密碼，負責人每次都會先清除之前的密碼，再重新設定一個新密碼。

而這次的負責人梨花，在決定舉行揮毫表演，要把墨收進保險箱保管時，也選了一個新密碼，重新設定好。

「有沒有可能是搞錯了，其實妳沒有把墨放進保險箱裡？大家再一起找一遍教室看看吧。」

千冬像是要緩和氣氛般地說道。

「不可能，學姊。剛才大家已經找過好幾遍了不是嗎？而且，今泉把墨放進保險箱上鎖時，我也有看到。」

在場的一名學生用責備的目光看著梨花。

梨花沒有向任何人透露新密碼，所以只有她一個人知道密碼。其他人似乎懷疑是她把墨拿走偷偷藏起來了。梨花大概也明白自己現在的處境，心裡很慌張，不知道如何是好。史郎站在一旁也看得出來。

「梨花，妳設定的密碼是五十五嗎？」

梨花驚愕地瞪大眼。

「對、對。你怎麼知道？」

四周眾人也同樣大吃一驚。

史郎輪流看向梨花和其他人，說道：

「只要把墨聖堂的墨條展銷會結束後，梨花身邊發生過的事全梳理一遍，誰都猜得出她可能會設定的密碼。」

首先是墨條展銷會上，梨花向墨聖堂的業務代表山科詢問哪種墨適合寫假名書法的正式定稿，山科給她的建議是：「我推薦本公司產品中名叫『雅』的這種膠含量百分之五十五的固體墨。」

然後，山科把金卷的綠風交給梨花後，史郎又聽見千冬向梨花搭話。她一邊把巧克力遞給她一邊說：「辛苦了。這是可可含量百分之五十五的巧克力。請妳吃。」

「對，沒錯。河村學姊給我外面攤位賣的巧克力。」

梨花其實早就買過牛奶巧克力來吃了，但那是千冬的心意，她才會道謝收下吧。

換句話說，梨花非常巧合地又聽見了五十五這個數字。短時間內在截然不同的情況下兩次聽見同一個數字，誰都會對那個數字印象深刻才對。

梨花點頭表示，她當時的確是心想「今天跟這個數字還真有緣，應該是幸運數字吧」，就直接把它設成密碼了。

「這兩段對話，在這裡的所有人應該都有機會聽見。所以也有可能是梨花以外的某個人推敲出密碼，打開保險箱的轉盤鎖，把墨拿走了。」

京子贊同地說。從表情看來她似乎鬆了口氣，她剛才大概暗自擔心著梨花。

不過就算是這樣，只要沒把墨找出來，危機就尚未解除。

「真傷腦筋。金卷的綠風，真的只剩那一塊了。如果要去最近的京都分店拿，也趕不上表演時間。」

距離表演開始的預定時間還剩二十分鐘。墨聖堂的山科雙手抱頭。入江可能是在和書法系的教授們討論，人不在這裡。

「等一下，櫻庭。聽妳剛剛那些話，妳是想說有人故意把墨藏起來了嗎？」

朝倉皺眉。

「我也不希望這樣想。但墨總不會自己消失，就只剩這個可能了不是嗎？」

沒有人出聲反駁她。因為眼前狀況很自然就會令人懷疑，是在場某個人偷走的。

「梨花，還有大家。」

史郎環顧所有人，開口問：

「把墨放進保險箱上鎖，到發現墨不見了為止，這中間除了梨花，有誰離開過這間教室嗎？」

所有人都搖頭。

「那麼，有其他人或外系人士進來過嗎？」

京子環顧大家，眾人相互點頭確認，她才回答：

「沒有。也沒有外人進來。在這裡的人也沒幾個，只要有外人進來，一定會有人注意到才對。」

梨花也點頭。

「如果是這樣，那就算有人偷了，金卷的綠風應該還在這間教室的某個地方——

或者是，在那個人身上。」

聽見史郎的判斷，千冬以一種難以啟齒的神態回應：

「我不想相信是有人偷了，可是……確實應該還在這間教室的某個地方吧。」

「怎麼樣？大家。為了讓活動順利進行，可以讓我打開每個人的包包檢查妳們的物品嗎？」

史郎環視所有人，出聲徵求同意。

朝倉臉上露出難色。他是顧慮到自己學生的心情吧。

「距離表演沒剩多少時間了。我也不願意這樣做，但如果不盡量試一下……」

——這種惹人厭的角色就由我這個外人來做，才不會留下後遺症，大家心裡也舒坦多了吧。

「我反對這種明顯把學生當作嫌疑犯的作法。」

一如所料，朝倉強烈表示反對。

「更何況，有必要做到這種地步來找出那塊墨嗎？表演需要的墨汁量已經很充足了，而且這跟新墨發表會不同，觀眾是來看夏目揮毫的——金卷的綠風這款墨是很美，但這麼小一塊，反正從戶外觀眾席也看不到吧。沒有一定要讓今泉在現場磨墨不是嗎？墨聖堂的負責人，怎麼樣？」

「這樣說也沒錯耶。」

幾人紛紛點頭，同意這說法也有理。不過，山科斷然拒絕。

「金卷的綠風是必要的。因為要透過 YouTube 現場直播讓大家看到實物。」

他神色沉穩，但流露出強烈的決心。

「那樣的話，看是要今天就先放棄那部分，只介紹金卷的綠風，或者是就不要現場直播，之後再拍攝實物重新剪輯影片，方法多的是吧。」

朝倉也堅決不退讓。山科說：

「可是，讓固體墨金卷的綠風出現在今天的現場直播中，是夏目老師強力要求的……」

「我來跟夏目說。我想夏目也不至於對那塊墨執著到寧可讓學妹們被當犯人搜身的地步。」

「夏目老師希望展示墨，難道跟今天城之內蘭鳳老師沒來有關係嗎？」

史郎一問出口，現場氣氛為之一變，所有人都安靜了。山科也投來好像在問你怎麼知道的訝異眼神。

「我聽說城之內老師為了有志於書法的年輕人，平時常參加校慶或園遊會的展覽給予建議，也樂於擔任書法展評審。更何況今天的校慶，還有因為老師殷切盼望才打造出來的金卷的綠風的發表會，照理說老師應該會到場。而老師沒有出現，我推測可能是有什麼比較嚴重的情況。」

山科垂下目光。

「夏目老師怕大家擔心，叫我不要告訴各位，不過……城之內老師正在住院，即將面臨一場大手術。」

「怎麼會……城之內老師。」

梨花雙手摀住嘴巴。在場所有人不安地低語。對他們來說，城之內也是會給予親切指導的恩師。

「我都不曉得……老師的情況不樂觀嗎？」

朝倉也掩不住驚慌。

「老師很堅強，但年事已高……這次的手術恐怕不太容易。」

「那夏目老師是想幫恩師城之內老師打氣，才打算用金卷的綠風揮毫嗎？」

聽見梨花的問題，京子也點頭附和說：

「一定是。如果是這樣，那我也很能體會夏目老師的心情，除了揮毫以外，她一定很希望可以讓恩師透過網路直播，看見應自己要求經反覆試作才終於完成的墨。城之內老師一定會在醫院看直播的。」

「原來是這樣……對不起，山科先生，我不知道你們的考量，剛剛還說了那種話。」

朝倉先向山科低頭道歉，又調整好心情轉向學生說：

「我也拜託大家。請妳們把自己的包包打開，讓我們看一下。當然，我也會開自己的包包。有人有異議嗎？」

沒人舉手。

「我的包包也拿出來檢查。這樣才公平。」

山科也跟進。

所有人沉默地拿出自己的包包或背包，打開放在空著的長桌上。裡面裝的東西大家都差不多，不外乎就是手帕、面紙、摺疊傘、還有寶特瓶飲料、化妝包——連裡面裝的化妝品也一併檢查——園遊會的介紹、文庫本、手機等。其中也有人不好意思地拿出應該是從戶外各攤位買來的許多點心，一一擺到桌上。

大家一起檢查每個人身上的物品，但仍沒有看見金卷的綠風。

「大家都很喜歡吃巧克力嗎？」

「拜託，哥哥，這種時候你問這個幹麻啦？」

現在全場瀰漫著濃濃的焦躁氣氛，梨花應是認為這句話不妥，便對史郎這樣說。

「抱歉，抱歉，可是妳看。」

長桌上，除了墨聖堂的山科及朝倉以外的人——換句話說就是所有學生和千冬的私人物品中，都有用金紙或銀紙包裹的巧克力。跟中午進教室前梨花在外面攤位買的是一樣的。

「我記得，金色包裝紙是口味溫潤甘甜的牛奶巧克力，銀紙包的是苦味巧克力吧。妳不覺得就混合比例不同，特性就完全不同這點來看，牛奶和可可的配比，跟固體墨中煤與膠的關係很相似嗎？」

「榎本先生。現在不是有那個閒工夫說……」

山科話說到一半，不知為何忽然一愣，又把話吞了回去。

「這樣說起來，櫻庭小姐。我們在攤位前碰面後，妳又再繞回去買嗎？」

京子遇見史郎他們時，梨花本來要給她巧克力，她明明說正在忙而拒絕了。

「不，不是的。這個是別人給的，我跟在場的大家都有拿到。」

「哥哥，河村學姊不是只有給我，她有分送巧克力給大家。」

梨花從旁說明。

史郎的目光看向，和梨花的包包及原本包包中的私人物品擺在一起的，用銀色包裝紙包裹好的巧克力。那是剛才他話中提過的可可含量百分之五十五的苦味巧克力。

「對。大家這麼努力，我想請大家吃點甜的……當然，我也買了自己的份，你們看。」

千冬笑著從包包掏出金色巧克力，展示給大家看。

「榎本先生。你到底要說什麼？巧克力跟現在的事無關吧？不趕快找出墨來……」

這次換朝倉一副受不了的樣子開口了。

「不好意思，請再讓我確認一下——河村小姐，我有事想拜託妳。」

史郎從自己的背包裡拿出一塊跟大家同樣大小的巧克力。是梨花之前給自己的銀紙巧克力。他把那塊巧克力遞向神情困惑的千冬。

「妳可以跟我交換嗎？」

千冬的臉頓時繃緊了起來。

「這是梨花給我的，妳也知道，是可可含量百分之五十五的苦味巧克力。其實我很嗜甜，老實講我比較想吃妳手上的牛奶巧克力。」

「不會吧……」

梨花輕聲低喃。山科似乎也同樣察覺出史郎的意圖，目不轉睛地注視著這裡。

千冬沉默了一會兒，一直瞪著史郎，但不久後就垂下雙肩，遞出自己的巧克力。

史郎道謝後接過巧克力，直接剝開金色包裝紙。沒想到，裡面的巧克力也是金色的。是固體墨，金卷的綠風。

「真可惜，這個看來不能吃。」

所有人倒抽一口氣，史郎溫和地對千冬說。

金卷的綠風不翼而飛——從現場情況來看，可能是被偷了——史郎聽見這些話時，他認為這應該不是一場預先計畫好的行動，而是有人想妨礙揮毫表演，一時衝動做出來的。

因為，那場表演是一小時前才臨時正式決定要舉辦的。墨不見時，待在書法系教室裡的那些人中，今天來玩的朝倉和千冬看起來在聽見校內廣播前完全不知道這項企畫，至於其他人——梨花或京子她們書法系學生及墨聖堂的山科——雖然知道有這項企畫，但也很清楚這件事尚未定案，萬一下雨就會取消。

不管怎麼說，應該不太可能為了妨礙一場連是否舉辦都尚未確定的揮毫表演而預先擬定縝密的計畫。因此史郎判斷，犯人決定動手，想必是一小時前校內廣播正式宣布後的事。

不過，犯人當然也不是毫無計畫就莽撞下手的。

要是墨不見了，大家當然會緊張地地毯式搜索，到那時，如果自己拿著偷來的墨離開現場回家去了，肯定會遭到懷疑。所以，在緊迫時間內思考偷到墨後該藏哪裡才安全時，她想到了一個利用附近就能很快取得的現成物品，相當安全的方法。

「河村小姐，妳在攤位前遇見我們時，有看見梨花買巧克力吧？妳決定要動手時，是不是想起了那件事？」

史郎發問，千冬終於不再抵抗，點了點頭。

她想，只要把巧克力外層的包裝紙拆下來，拿來包住金卷的綠風，大家都會認為那是一塊巧克力，自己應該就不會遭到懷疑。金卷的綠風比巧克力稍微小一些，但萬一有人問起這一點，只要回答「我稍微嘗了幾口」，對方大概不至於起疑。

她放下表演的準備工作，去攤位買巧克力回來，看好了梨花離開位置的時機打開保險箱，偷走金卷的綠風。然後躲進靠教室牆邊的隔板陰影裡剝開巧克力的金色包裝紙，把巧克力和墨掉包。再若無其事地把那塊墨包裝成巧克力的樣子放進自己的包包裡，然後把巧克力吃掉。

「哥哥，你好像一開始就猜到偷墨的是河村學姊，可是保險箱的密碼要怎麼解釋？」

梨花心裡大概還是很介意這件事吧。

「梨花，河村小姐拿巧克力給你時，我聽見她說『可可含量百分之五十五』，覺得有點不自然。」

史郎繼續說：

「攤位賣的巧克力，的確只有可可含量百分之五十五的苦味巧克力，和牛奶巧克力這兩種，但有人會像那樣特別強調數字嗎？」

史郎當時並沒有太在意，不過一知道保險箱裡的墨被偷走後，他立刻就聯想到了。

千冬聽見梨花和山科的對話裡出現「膠含量百分之五十五」這個數字後，認為如果再對她說一次同樣數字，應該會在她的大腦中留下印象，便利用了這種心理模式。

反過來說，千冬並不是推測出梨花設定的密碼才有辦法開鎖，她是成功誘導了梨花的思緒，讓梨花設下自己想要的密碼，藉此偷走墨條。

千冬坦白說道：

「不過，我只要一想到如果這之中有誰注意到有可能是調包了墨和巧克力，我就沒辦法放心。萬一情況發展成要檢查每個人的私人物品，墨聖堂的山科先生和朝倉先生可是每天都在看墨的專家，說不定他們一看到巧克力的形狀就會聯想到墨，看穿這個計謀——所以我就想，既然這樣，只要讓他們以為在場所有人，都分別去附近攤位買了巧克力就好了。只要大家都有巧克力，應該就不會想到其中有一塊居然不是巧克力而是墨了吧。」

千冬放下表演準備工作去攤位，買了要給自己和正在教室準備的所有學生的巧克力，大大方方地送給每個人。那是在梨花把墨收進保險箱前，根本沒人會懷疑她這麼做的動機。

朝倉似乎還沒辦法相信。

「河村，這是真的嗎……妳到底為什麼這麼做？」

「該不會是，過去也發生過類似的事情吧？」

史郎把目光投向收到長桌一角的相簿上。

「在新墨發表會開始前，朝倉老師給我們看過夏目老師她們高中時在書法社的照片。其中有幾張照片是市民書法展的展出作品吧？那些是夏目老師她們在高中二年級時交出的成品，但其中只有一張作品，上面沒有落款。當然，即使沒有蓋章也有寫作者的名字。那張是河村千冬小姐，妳的作品。」

為什麼只有她的作品沒有落款呢？

當時已經高二的千冬不太可能沒有刻自己的印章。唯一合理的解釋就是，印章就如同剛才的情況一樣不見了吧。

「詳細情況我是不知道，但我可以理解那種心情。拚命練習後才終於寫出正式定稿，卻只有自己的作品沒能蓋上印章，那該有多麼丟臉，多麼懊惱。」

千冬的作品是〈九成宮醴泉銘〉的臨摹作，光從照片也能看出那是一幅完成度相當高的作品，努力的痕跡清晰可見。

「那是比美子藏起來的！」

千冬壓抑不住激動情緒，幾乎是用吼的說出來。

在作品投稿截止前夕，千冬終於完成一幅自己也相當滿意的作品，正準備蓋上印章時，卻發現照理說收著所有社員印章的印章盒裡，唯獨自己那顆前一天還在的印章不見了。

其他社員也一起幫忙找，但最終還是沒能找到，千冬最後只能在沒有印章的情況下，硬著頭皮將作品投到書法展。而那一天，只有比美子有事請假沒來社團。比美子的作品，早在那之前就完成了。

比美子的投稿作品與千冬的風格截然不同，在四尺全開的宣紙上揮灑自如地用自由書體寫下現代短歌。而這件作品最終獲得了市民書法展的最優秀獎。不僅如此，也正是這件作品讓當時擔任書法展評審長的城之內蘭鳳注意到她，隨後，她甚至獲得接受城之內親自指導的機會。

但這件事，千冬心裡始終有個猜想。

市民書法展投稿截止的前一天，高二的比美子與千冬為了完成作品，一直留在書法社的社辦練習到很晚。那天留到最後的社員只有她們兩人。

比美子因為隔天要請假，便按原訂計畫在當天寫完作品，蓋上自己的印章，完成投件的準備工作。而千冬的打算是要一直練習到隔天，趕在截止時間前完成正式定稿再交出去。兩人把存放印章的盒子收進櫃子裡，鎖好社辦門窗，然後一起回家。

但兩人剛踏出教學大樓，比美子突然就對千冬說「我有東西忘在社辦要回去拿，妳先回去」，就跑走了。

然後，隔天放學後，千冬的印章就從印章盒裡消失了。社團辦公室鑰匙要放學後向指導老師拿來開門，所以她也問過朝倉，但朝倉說從前一天晚上到當天放學為止，來借過鑰匙的人只有回來拿東西的比美子，沒有其他人。

前一天比美子取出印章蓋在她的作品上時，印章盒裡千冬的印章確實還在。如果是這樣，只可能是那天晚上跑回社辦的比美子拿走的。

市民書法展後，千冬雖然用朝倉準備的印章材料刻了一顆新的印章，但在「要是那時候可以交出有落款的完整作品，說不定我也能得獎」的不甘心情催化下，她一直懷疑可能是比美子陷害身為勁敵的自己，把自己的印章藏起來了。

千冬上大學後也持續寫書法，卻沒有像比美子那樣成大器。

自那時起過了十年以上，當時的記憶在千冬心裡逐漸變淡，但一看到剛才那些照片，當年的悔恨及憤慨瞬間全都回來了。

朝倉對千冬說：

「也就是說，妳從看到那本相簿的照片時，就打算要妨礙夏目……是我做了多餘的事。」

「不，不是。當時又還不知道表演的事。」

千冬如此回答道。

她接著解釋，後來，墨聖堂的新墨發表會開始後，高中時的悔恨和對比美子的不解一直在心裡悶燒，逐漸蔓延，最後演變成她很確定「那只可能是比美子幹的」。不過當時她並沒有「要設法報復她」的念頭，那些都是無可挽回的過去了，今天校慶結束後，應該也不會再去回想。

沒想到一小時前，出乎預料地聽見廣播說比美子要進行揮毫表演。周遭大家都開始著手準備，千冬也跟著幫忙。但當梨花說要把金卷的綠風收進書法系保險箱裡時，她想起那個保險箱自己在校時也用過，很熟悉它的構造，又想到附近攤位賣的巧克力形狀跟固體墨很像。然後，「好想把墨藏起來，讓比美子像我高中時那樣不知所措」的這份衝動，吞噬了她。

後來她設法誘導梨花把保險箱密碼設成五十五。但她不確定梨花一定會這樣做，梨花也可能設下別的號碼。她打算如果密碼跟自己設想的不同，沒辦法打開保險箱的話，那就當場放棄。

「在我因過去的事心煩意亂時，注意到方便偷墨的條件全備齊了……我感覺自己被推了一把，就像是聽見一個聲音在說『就小小報復她一下』。」

千冬這麼說完，低垂下頭。

「千冬，妳誤會了。我才沒有把妳的印章藏起來。」

背後響起的一道聲音，令所有人回過頭，教室門口站著比美子。

去叫梨花的史郎一直沒回來，她才過來看狀況的吧。看來她也聽見剛才那些話了。憂傷的神情中也透露出決心。

比美子沒有絲毫遲疑，走過來與千冬對視。

「高中時我的個性就是三分鐘熱度，要窩在社辦裡反覆練習寫一張又一張書法，根本就無聊透頂。好幾次我都想放棄。但我看到同在社團裡的妳，無論面對什麼難題都不曾半途而廢，一直默默努力，我就沒辦法放棄。是因為有妳在，我才能撐下來。」

「比美子……」

「千冬，我當時很想一直跟妳一起寫書法喔。」

「真的不是妳幹的嗎？那為什麼——」

見到比美子真摯的態度，千冬的心也不由得動搖。

「抱歉，河村。我當時應該老實告訴妳。妳的印章會不見，是我的錯。」

這時，插入兩人對話的，是朝倉。

「那一天，國中部的學生下午過來參觀。」

京都文化大學附屬高中是從國中到大學的一貫制學校，儘管可以直升，但也有人會在升高中時去報考其他學校。所以校方為了讓大家明白堅守教育方針的一貫制學校有哪些優點，每年會提供幾次去高中或大學參觀的機會。

那一天，附屬國中的學生們去參觀高中下午的課堂，有意願的人也可以去社團參觀。

當時有人想參觀書法社，但時機不好，市民書法展的交件截止時間近在眼前，社團內的氣氛很緊繃。朝倉考量到這一點，決定這次就不帶大家實地參觀社團活動，只進行社團介紹。

他告訴想參觀的那些同學，大家都表示接受。

順帶一提，這時候千冬她們書法社社員還在上課。

朝倉帶學生進到社團辦公室，拿出記錄了活動情況的相簿給大家翻看，也把社員的作品和用具擺出來講解。

不過，他打開印章盒給大家看印章，對篆刻進行說明時，一名國中生不小心撞到擱在桌上的盒子，害它掉到地板上。

社員們的印章發出巨大碰撞聲，散落一地。

朝倉急忙一一撿起來檢查，可能是撞到的位置不好，只有千冬的印章破損了，無法修復。

把盒子撞到地上的女學生哭了出來，當時朝倉才剛當上老師，徹底慌了手腳。對她說「沒關係。我會找這顆印章的主人解釋清楚的」，就讓她先回去，這場意外才勉強落幕。只留朝倉一個人不知所措。

印章材料是按照社員人數下訂的，沒有備用量，現在訂也肯定趕不上書法展。更重要的是，千冬正全心投入完成作品，他根本開不了這個口，結果就錯過了坦白的時機。

「真的，非常抱歉。」

朝倉深深低下頭。

千冬聽見朝倉坦白一切，整個人似乎震驚到說不出話來，又猛然想起什麼般看向比美子。

「對不起，比美子。我……」

千冬眼眶含淚。比美子也掩不住內心的愕然，伸手摟住千冬的肩膀。

山科小心翼翼地出聲說：

「那個，不好意思……距離表演開始剩不到十分鐘了。」

比美子和千冬用力點頭。

「大家，拜託了。為了讓這次揮毫表演成功，請大家幫忙。」

「好！」

現場所有人在那瞬間凝聚一心。

後來，活動由梨花介紹金卷的綠風及磨墨揭開序幕，比美子的揮毫表演也流暢完成，博得現場觀眾好評。聽說現場直播的反應也非常好。

「終於可以放心了。」

表演結束，收拾工作也完成，大家正在歇口氣時，梨花輕聲這麼說。史郎嘉許地說：

「辛苦了。梨花，妳很努力喔。」

「嗯……河村學姊剛才來向我道歉，她說，她要重新拿起毛筆寫書法。」

「哦，那不是很好嗎？」

根據梨花的說法，在表演結束後，千冬再次向比美子為過去單方面誤解她而打算陷害她的事道歉。

同時，透過這件事，兩人似乎都重新體認到「雖然歷經風風雨雨，但對我們來說，一起投入書法的那段日子是珍貴的寶物」。

比美子寫的大字書——「綠風」二字在眼前躍動著。

當然，那是高級名墨的名字，但在史郎眼中，那似乎也象徵著她們無可取代的青春歲月。

「哥哥，這次多虧你幫忙，謝謝。」

「什麼啊，還在講這個。」

「我呀，有件事，必須清楚找你問清楚。」

梨花一反常態地認真，讓他有些困惑。

「每年的情人節，我不是都有送你巧克力嗎？」

「我每年都很感激妳。」

「因為你說不喜歡吃甜的，所以我都送苦味巧克力。」

史郎大概明白她想說什麼了。

「啊，我那樣說只是為了讓河村小姐把墨還回來……」

「你很過分耶！明年我要送加滿砂糖的牛奶巧克力。」

梨花站起身，史郎說：

「我錯了啦！梨花，不管什麼巧克力，只要是妳送的，我都開心。」

梨花露出微笑。

「很好。我也很開心哥哥你繼承了奶奶的店。啊，還是我來當書法班的老師好了？」

「不，妳饒了我吧。」

史郎低聲回了句，便快步走開。

「為什麼！我也想做點什麼報答奶奶啊！」

梨花一邊跑一邊追上來。

國家圖書館出版品預行編目（CIP）資料

京都文具店推理事件簿：真相就藏在墨水中／福田悠著；徐欣怡譯. -- 初版. -- 臺北市：麥田出版：英屬蓋曼群島商家庭傳媒股份有限公司城邦分公司發行, 2025.08

面；　公分. --（日本暢銷小說；112）

譯自：京都伏見の榎本文房具店　真実はインクに隠して

ISBN 978-626-310-896-7（平裝）

EISBN 978-626-310-895-0（EPUB）

861.57　　114005946

城邦讀書花園
www.cite.com.tw

ISBN 978-626-310-896-7
電子書 ISBN 978-626-310-895-0（EPUB）
博客來版電子書 ISBN 978-626-310-942-1（EPUB）

Printed in Taiwan.
本書若有缺頁、破損、裝訂錯誤，請寄回更換。

日本暢銷小說 112

京都文具店推理事件簿
——真相就藏在墨水中

作者｜福田悠
譯者｜徐欣怡
封面設計｜王瓊瑤
責任編輯｜吳貞儀
主編｜徐凡

國際版權｜吳玲緯　楊靜
行銷｜闕志勳　吳宇軒　余一霞
業務｜李再星　李振東　陳美燕
總經理｜巫維珍
編輯總監｜劉麗真
事業群總經理｜謝至平
發行人｜何飛鵬
出版｜麥田出版
115台北市南港區昆陽街16號4樓
電話：(02)2500-0888
傳真：(02)2500-1951
發行｜英屬蓋曼群島商家庭傳媒股份有限公司城邦分公司
地址：115台北市南港區昆陽街16號8樓
網址：www.cite.com.tw
客服專線：(02)2500-7718｜2500-7719
24小時傳真專線：(02)2500-1990｜2500-1991
服務時間：週一至週五09:30-12:00｜13:30-17:00
劃撥帳號：19863813　戶名：書虫股份有限公司
讀者服務信箱：service@readingclub.com.tw
香港發行所｜城邦（香港）出版集團有限公司
地址：香港九龍土瓜灣土瓜灣道86號順聯工業大廈6樓A室
電話：+852-2508-6231
傳真：+852-2578-9337
馬新發行所｜城邦（馬新）出版集團
【Cite (M) Sdn. Bhd.】
地址：41, Jalan Radin Anum, Bandar Baru Seri Petaling, 57000 Kuala Lumpur, Malaysia.
電話：+603-9056-3833
傳真：+603-9057-6622
讀者服務信箱：services@cite.my

印刷｜中原造像股份有限公司
初版一刷｜2025年08月
定價｜360元